GREYSON

K9 Files : chiens de guerre
Tome 9

Dale Mayer

Greyson, K9 Files : chiens de guerre, tome 9
Beverly Dale Mayer
Valley Publishing Ltd.
Traduit de l'anglais par Sophie Salaün et Valentin Translation.

ISBN-13 : 978-1-773366-79-1
Format Print

Greyson

Bienvenue à tous les nouveaux lecteurs de la série *K9 Files*, dans laquelle vous allez retrouver les inoubliables héros de *Légion d'acier,* dans une nouvelle saga de romance à suspense pleine d'action et de rebondissements ; une saga attendue par tous les fans de l'auteure à succès Dale Mayer, reconnue par le *USA TODAY*. Pssst, vous croiserez également certains de vos personnages préférés rencontrés pour la première fois dans *SEALs of Honor* et *Heroes for Hire* !

Combiner un voyage auprès de ses grands-parents avec la traque d'une chienne du K9 est apparemment une bonne excuse pour Greyson. Sans que l'on sache ce qui s'est passé, la chienne a été envoyée par erreur à l'autre bout du monde, dans la mauvaise direction, puis perdue. La retrouver n'est pas facile, mais Greyson suit une piste dangereuse, tout comme la chienne avant lui… pour tomber sur la femelle berger protégeant alors une mère et son enfant… Absolument pas ce à quoi il s'attendait.

Jessica ne comprend pas pourquoi la chienne est toujours là, mais elle est terrifiante. Pas autant que ce qui se passe dans le reste de sa vie, cela dit. Elle en attribue la plupart à son ex-mari, mais est-il réellement aussi terrible ? Avec son fils en bas âge à protéger, elle sait qu'elle ne peut pas commettre la moindre erreur, pour ne pas s'attirer d'ennuis.

À mesure que les événements s'intensifient, il ne lui faut pas longtemps pour décider qui est de son côté et… qui ne l'est pas.

Inscrivez-vous ici pour être informés de toutes les nouveautés de Dale !

https://geni.us/DaleNews

PROLOGUE

POUR GREYSON, C'ETAIT une nouvelle étape de sa vie, à rester assis, faire ce dont il avait envie, aider les autres par choix au lieu d'avoir un style de vie trop strict. Quand il officiait dans l'armée en tant que Marine, rien que ça, sa vie se partageait entre les entraînements, les missions, d'autres entraînements, de la remise en forme, et de nouvelles missions. Après l'accident qui lui avait détruit le dos, endommagé son épaule, et emporté une partie de son pied, il avait eu l'impression que sa vie était la même, et pourtant tellement différente.

Car tout était encore prévu pour lui. La rééducation, les médecins, d'autres tests, encore de la remise en forme, plus de tout, avec un calendrier bien précis. Depuis qu'il avait été exempté avec son dos plus ou moins en bon état, il n'avait besoin que de renforcement. Son épaule était fonctionnelle. Pas jolie à voir, mais qui avait décidé que cela ferait encore partie de sa vie ?

Il avait appris à marcher avec la moitié d'un seul pied. Ç'avait été plus dur qu'il l'aurait pensé. Qui l'aurait cru ? Mais malgré tout, il était mieux loti que beaucoup d'autres.

Il souleva sa tasse de café et s'étira à l'arrière de la maison de Geir. Ils avaient travaillé à la construction de terrasses chez plusieurs gars. Et vraiment, il y avait peu de choses que Greyson appréciait plus que l'esprit de camaraderie qui régnait ici, ce sentiment d'appartenance, mais se sentir obligé de faire quoi que ce soit. Pour l'instant, il vivait de ses allocations, tout en cherchant à décider de ce qu'il allait bien pouvoir faire du reste de sa vie.

Il n'avait pas de réponse facile. En fait, il n'existait pas de réponses faciles. La seule chose qu'il ne pouvait vraiment pas faire était un travail de construction lourd, mais il n'y avait pas grand-chose qui le retenait. Il avait été formateur au sein de l'armée, il était donc capable de travailler dans le management. Mais il n'avait pas vraiment envie de subir ce genre de pression, avec tout le stress.

Il aimait les animaux, et il avait travaillé un court laps de temps avec les K9, mais il aurait voulu avoir une relation plus personnelle avec les animaux, et on ne l'y autorisait pas. Plusieurs associations de sauvetage d'animaux avaient retenu son attention, mais il n'y avait pas beaucoup d'argent à gagner dans ce domaine. Il n'avait pas besoin de grand-chose pour vivre, et arrivé à ce stade de sa vie, la satisfaction au travail, le sentiment d'être utile, était plus importants à ses yeux.

Quand Geir sortit de la maison et vint s'asseoir à côté de lui, Greyson le regarda et lui dit :

— Tu as une belle affaire.

L'autre homme hocha lentement la tête.

— Ç'a été long à venir. Aujourd'hui, nous avons l'application concrète de la théorie que nous avons créée, et je suis ravi de voir ça jour après jour.

Greyson ne répondit rien, se contentant de boire son café.

— Qu'est-ce que tu voudrais pour ton avenir ? demanda Geir.

Greyson haussa les épaules.

— Quelque chose de différent de l'armée. Quelque chose de plus paisible, mais utile quand même, je crois. Mais sans tout le stress, les horaires, le chaos.

Geir acquiesça.

— Tu sais quoi ? Peu de gens le comprendraient.

— Eh bien moi, j'espère que certains le feraient. Après l'armée, je me rends compte à quel point ma vie était organisée, dit-il avant de secouer la tête. Je veux pouvoir m'arrêter et sentir un peu plus le parfum des roses.

Geir sourit.

— Pour ça, il te faut juste une épouse.

— C'est ça qui t'a aidé ?

L'autre homme y réfléchit puis hocha la tête.

— C'est d'avoir cette autre perspective, et les gars aussi, alors que nous décidions de ce que nous voulions faire à l'avenir. Comme tu le sais, nous avons tous des handicaps physiques, ce qui fait que le monde nous regarde différemment. Ça te fait voir les choses sous un autre angle.

— Effectivement, approuva Greyson. Qu'est-ce que tu penses des animaux ?

— Je les adore, dit-il en souriant.

— Je me disais juste que c'est dommage que je ne puisse pas monter un refuge, mais on ne peut pas gagner sa vie avec…

— Quel genre de refuge ?

Il regarda Geir, surpris par le ton de sa voix.

— Je ne sais pas. Je suis particulièrement attiré par les chiens, mais j'aime aussi les chats, avec une petite moue.

— Intéressant.

— Pourquoi ai-je l'impression que tu as quelque chose derrière la tête ?

— Nous avons travaillé sur les dossiers K9, dit-il. Nous

avons eu un très bon taux de réussite, mais pour le prochain... Nous n'avons pas beaucoup d'informations à son sujet.

— C'est quoi, les dossiers K9 ?

Greyson écouta les explications de Geir au sujet de la division des Chiens de Guerre qui avait fermé en partie, et de certains chiens qui étaient perdus.

— Ces chiens ont consacré leur vie à leur formation, approuva Greyson. Ils ont sacrifié les meilleures années de leur vie physique, alors ils méritent d'avoir une fin décente.

— C'est pour ça que nous avons accepté d'aider. Aujourd'hui, nous devons travailler sur le dossier de Kona. C'est une femelle croisée malinois-berger qui a été envoyée à Denver, mais s'est retrouvée à Hawaï.

— Ça n'a aucun sens ! s'exclama Greyson qui le regarda avec surprise.

— N'est-ce pas ? acquiesça Geir en secouant la tête. C'est difficile à comprendre à notre époque où l'on fait tout le traçage en numérique.

— Alors, elle va être renvoyée à Denver ?

— Non. Quelqu'un est venu la prendre, et elle devait passer quelques nuits dans un refuge temporaire, le temps que nous puissions organiser son transport retour, mais une personne, et je mets un gros point d'interrogation sur cette *personne*, l'a volée.

— Eh bien, ce pourrait être une bonne chose, tenta Greyson. Beaucoup de gens n'approuvent pas le principe des refuges. Cette personne l'a peut-être ramenée chez elle pour lui offrir un endroit sûr.

— Eh bien, il s'agissait d'un refuge. Kona avait son propre espace, et elle aurait pu y être parfaitement bien, expliqua Geir. Mais nous ne pouvons pas laisser courir. Nous devons nous assurer que la personne qui a pris la chienne en prend soin, et qu'elle aura la meilleure vie possible.

— Qu'en est-il au niveau juridique ?

— Nous avions quelqu'un pour l'adoption, mais près de Denver. Nous n'avions personne à Hawaï.

— Donc, si je retrouve la chienne et que je peux confirmer qu'elle est dans un bon foyer, je suis quand même censé l'y arracher et l'expédier à Denver ?

Geir y réfléchit un moment, puis scruta sa tasse de café.

— Non, dit-il. À mon avis, la base de tout, c'est de nous assurer de tout faire dans le meilleur intérêt du chien.

— Donc, retrouver la chienne, traquer celui ou celle qui a volé Kona, découvrir ce qu'il ou elle fait de l'animal, et voir si elle ira bien ?

Greyson balaya le jardin du regard. Il avait passé les derniers jours à construire une terrasse ici.

— Hawaï pourrait être sympa.

Geir lui jeta un regard et sourit.

— Tu as des attaches là-bas ?

— Mes grands-parents, en fait, répondit-il aussitôt. Ils vivaient à New York, et puis un jour, c'est comme s'ils avaient craqué. Ils ont tout vendu pour déménager à Hawaï.

— Je ne suis pas sûr que ce soit une si mauvaise idée, mais honnêtement ? Si tu termines dans l'une des grosses villes des îles, je ne suis pas certain que cela fasse une grande différence.

— Ils sont sur une des îles extérieures, il me semble, expliqua Greyson. Il est peut-être temps pour moi de le découvrir.

— Exactement.

— D'où est-ce que le chien a disparu ?

— Eh bien, il a été envoyé par avion, et déposé au refuge

local. C'est le dernier endroit où nous savons qu'il a été vu.

Il hocha la tête.

— Il y a combien de temps ?

— Trois semaines. En fait, elle a d'abord intégré une famille d'adoption, mais en moins de six semaines, la relation s'est achevée sur un désastre. Alors Denver était le second foyer pour Kona.

— Donc, c'était suffisant pour se lier, mais pas assez pour nouer de vraies relations, étant donné sa nouvelle vie.

— Comme tu le sais, ça dépend des circonstances, répondit Geir. Certaines situations créent un lien immédiat.

— Mais en général, ce sont les situations les plus désagréables. Le danger, le conflit, la violence, ou des trucs du même genre, énuméra Greyson en gloussant. Je crois que je peux m'occuper de celui-ci.

Geir le regarda, lui sourit et lui dit :

— Alors, c'est un oui ?

Greyson hocha la tête.

— Mission acceptée.

CHAPITRE 1

GREYSON MORGENSTEIN DESCENDIT de l'avion et prit un moment pour humer l'air. C'était quelque chose d'être à Hawaï. Le climat était très chaud et presque moite, l'humidité était à son comble à cette époque de l'année. Il avait contacté ses grands-parents pour leur annoncer qu'il serait dans la région et ils l'avaient immédiatement convié, comme il s'y était attendu. C'était là qu'il irait en premier. En fait, son grand-père viendrait le chercher ici.

Alors que Greyson s'avançait, il balaya du regard le petit aéroport et la foule qui attendait. Il n'eut aucun mal à retrouver son grand-père. Il s'était peut-être un peu tassé avec les années, mais son sourire radieux ne passait pas inaperçu. Dès que Greyson s'avança, les deux hommes s'embrassèrent.

— Bon sang, tu as l'air en forme ! lui dit son grand-père en l'examinant. Pour quelqu'un qui a passé les deux dernières années en convalescence, tu n'es pas mal en point.

— Effectivement, répondit-il avec un sourire rayonnant. Ç'a été plutôt compliqué pendant un moment, mais c'est derrière moi.

— Ta grand-mère voulait venir te voir, mais tu nous as demandé de rester à l'écart, alors nous avons accédé à ta requête à contrecœur.

Son grand-père le dévisagea d'un air scrutateur, comme pour s'assurer qu'ils étaient les bienvenus à présent.

Greyson tendit une main pour serrer celle de son grand-père.

— C'est seulement parce que j'étais dans un sale état, le rassura-t-il. Je ne me sentais pas capable de me montrer amical ou gentil avec qui que ce fût.

Son grand-père hocha la tête.

— J'ai bien compris, mais ta grand-mère, elle…

— Je vais me rattraper auprès d'elle maintenant, répondit Greyson en riant.

— Qu'est-ce qui t'amène ici ? Et non, nous n'imaginons pas une seconde que ce soit nous, ajouta le vieil homme avec un rire.

— Disons que c'est une rencontre fortuite entre le travail et la famille, expliqua Greyson.

— Le travail ? demanda son grand-père qui se retourna, l'air surpris. Tu as un travail maintenant ?

— Ces derniers mois, j'ai surtout fait du bénévolat avec un groupe d'anciens militaires. Ils ont mis en place un grand programme de formation pour bon nombre d'entre nous qui sommes obligés d'affronter la vie après nos blessures. Ils effectuent des missions pour le département des Chiens de Guerre, qui sont passés entre les mailles du filet.

— Des chiens de guerre ?

Son grand-père secoua la tête, puis montra du doigt un petit camion sur le parking vers lequel ils se dirigeaient.

Puis il annonça :

— C'est le nôtre. Comment t'es-tu retrouvé impliqué dans les Chiens de Guerre ?

— Parce qu'ils avaient une bonne douzaine de dossiers à suivre, et qu'il se trouve que l'un d'entre eux est sur Hawaï, répondit Greyson.

Son grand-père lui jeta un regard étonné.

Il rit, puis hocha la tête.

— C'est dingue, hein ? Je me suis donc dit que c'était l'occasion de venir vous voir, et vous montrer que je suis vivant et que je vais bien. J'ai survécu à toutes les opérations, et à la convalescence, dit-il alors que son ton redevenait sérieux. Et la vie est de nouveau belle.

— Eh bien ça, c'était vraiment une chose que nous avions besoin d'entendre ! Au moins, quand tu as commencé à nous contacter et nous envoyer des mails, nous savions que tu étais toujours en vie, mais nous étions inquiets.

Greyson hocha la tête. L'une des premières choses qu'il avait faites à son réveil après son opération, ç'avait été de se renfermer et rejeter tout le monde. C'était son modus operandi. Il ne savait pas vraiment qui, et ce qu'il devait affronter, et il savait qu'il devait faire ce voyage seul, donc il continuait de repousser les gens. Tout le monde ne fonctionnait pas de cette manière, mais lui oui.

— Je sais, j'aurais dû vous contacter plus tôt, convint Greyson. C'est plutôt difficile quand tu fais des allers-retours permanents en salle d'opération et que tu vis avec la douleur au quotidien, de trouver des choses agréables à dire aux gens. Et la dernière chose dont vous avez envie de parler, c'est de vos blessures ou vos passages en chirurgie.

— De toute manière, je ne parle pas beaucoup de ce genre de choses, avoua son grand-père. Je trouve ça plus simple d'oublier.

— Exactement ! approuva Greyson en riant.

Une fois installés tous les deux dans la cabine et ses bagages bien rangés à l'arrière, son grand-père s'engagea sur la route principale à la sortie de l'aéroport.

— Pour vous aussi c'est un sacré changement, déménager de New York à Hawaï.

— On a traversé l'océan, répondit-il avec un hochement de tête. Nous pensions laisser derrière nous les grandes villes, la population, les impôts et une atmosphère trop politique. Au lieu de ça, nous avons droit à la même chose en taille réduite.

— C'était prévisible. Des regrets ?

— Non ! répondit aussitôt son grand-père. Le climat est quand même meilleur pour nous, et la population est beaucoup plus restreinte, du moins, là où nous vivons. Et nous avons toujours la possibilité d'aller dans la grande ville, mais nous ne le faisons pas souvent.

— Qu'en est-il des hôpitaux et des soins médicaux ?

— Nous ne sommes pas très loin du centre principal, répondit son grand-père. L'hôpital est à environ trente minutes de route.

— Ça me paraît pas mal, approuva Greyson.

— Alors, ce chien, lança le vieil homme pour changer de sujet, où est-il ?

— Eh bien, elle était censée être expédiée à Denver, et on ne sait comment elle a terminé sa route à Hawaï. Mais ensuite, c'est un refuge qui l'a recueillie pour quelques jours, le temps de mettre en place la suite de son voyage. Et apparemment, c'est là qu'elle a disparu. C'était il y a trois semaines.

— Waouh ! Comment es-tu censé retrouver un chien disparu depuis des semaines ?

— Je ne sais pas, avoua Greyson. Je crois que ce dossier a été ajouté récemment, parce que pas mal d'autres dossiers concernant des chiens sont en attente depuis plus longtemps.

— C'est assez triste. Ces chiens donnent leur vie pour l'armée. On aimerait à penser qu'ils ont eu droit à une retraite sympa pour les remercier de leur dévouement.

— Ce serait bien, n'est-ce pas ? répondit Greyson avec un rire. Mais ça n'est jamais aussi facile. Tu le sais bien.

— Effectivement, répondit son grand-père en levant les yeux au ciel. Nous ne faisons rien d'autre que planifier nos retraites.

— Et moi qui pensais que tu l'avais déjà prise, le taquina-t-il.

— Eh bien, oui, sans le moindre doute, je suis à la retraite, mais ça ne veut pas dire que j'ai tout planifié. Ce qui nous a aidés, ce sont les prix élevés de l'immobilier à New York quand nous avons vendu, et nous avons acheté quelque chose de bien plus petit ici, alors ça va. Mais tu sais, maintenant que tu es aussi à la retraite, il ne reste jamais grand-chose. Et en fonction de l'évolution de notre état de santé, ça pourrait devenir moche à la fin.

Greyson hocha la tête.

— C'est le truc que je prévois, dit-il. Et pourtant, j'ai l'impression d'avoir déjà eu droit à la partie moche, et aujourd'hui je cherche à retrouver une seconde partie de vie.

— Tu la trouveras, répondit son grand-père. Il suffit d'avoir un peu confiance.

— Est-ce que tu sais quelque chose au sujet du refuge local ?

— Non. Je ne peux pas dire que j'en aie déjà entendu parler. Tu sais où il se trouve ?

Greyson prit son téléphone et consulta son application GPS.

— D'après ce truc, c'est seulement à quinze minutes d'ici.

— Eh bien, nous allons dans cette direction. On peut faire un petit détour, proposa le vieil homme en jetant un œil à la carte du GPS sur le téléphone de Greyson. Tu veux qu'on aille vérifier avant d'aller à la maison ?

— Ce serait fantastique, si ça ne te dérange pas. Il va falloir que je prenne une voiture de location, pour pouvoir rayonner sur l'île à la recherche du chien. Mais je me disais que ça pourrait attendre demain.

— Pas besoin de ça, répondit le grand-père. Nous avons deux voitures.

— Non, répondit-il. Ce ne sera pas nécessaire. Je peux en louer une.

— C'est tout simplement insultant, déclara son grand-père avec fermeté. Nous avons deux voitures dont nous nous servons à peine. Je ne roule plus beaucoup. Quel est l'intérêt ? Nous avons tout ce que nous voulons à distance de marche. Tu peux prendre l'un de nos véhicules, confirma-t-il d'un ton sans appel. Si tu as vraiment envie de payer pour ça, tu peux nous emmener au restaurant.

— Eh bien, de toute manière, c'était prévu ! répondit Greyson en riant. Il y a des *luaus* dans le coin ?

— Un des restaurants du coin, sur la plage près de chez nous, en fait un gros. Mais je ne suis pas sûr qu'il y en ait de prévus la semaine prochaine.

— Nous allons le découvrir, répondit Greyson. Ce serait un dîner agréable.

— On passe toujours un bon moment, répondit le vieil homme.

Ils roulèrent dans un silence complice, entrecoupé de discussions à propos de tout et de rien, lorsque son grand-père lui indiqua un panneau dans la rue.

— Il me semble que c'est la sortie que nous cherchons, non ?

Juste à ce moment-là, le GPS indiqua qu'il fallait prendre la sortie.

— Tu te débrouilles très bien, Grand-Père. Tu es en avance sur le GPS.

— Ces stupides ordinateurs, dit le vieil homme en secouant la tête. C'est bien à cause d'eux qu'il y a tant de personnes âgées atteintes de démence de nos jours. Nous avons cessé de nous servir de nos neurones.

Greyson rit.

— Je ne crois pas que tes cellules cérébrales soient en danger de mort de sitôt.

— J'espère que non ! J'ai soixante-quatorze ans maintenant, et j'aimerais bien vivre encore dix ou quinze ans.

— En bonne santé, avec assez d'argent et ta propre maison, sous un bon climat, absolument ! approuva Greyson. Je pense que c'est parfaitement faisable.

Ils prirent la sortie et tournèrent dans une petite zone de banlieue. Après l'avoir traversée, ils arrivèrent de l'autre côté, dans une communauté plus rurale et spacieuse. Devant eux se trouvait le panneau du refuge. Son grand-père se gara devant le bâtiment.

— Je viens avec toi, dit-il.

Les deux hommes sortirent du camion, et Greyson entra pour parler à la femme de l'autre côté du comptoir. Elle semblait être la seule employée, et elle avait l'air un peu fatiguée.

Elle leva les yeux, fronça les sourcils, et s'enquit :

— Puis-je vous aider ?

— Je suis ici au nom du département des Chiens de Guerre, annonça-t-il. Je crois savoir que vous gardiez le chien qui s'était accidentellement retrouvé expédié ici, jusqu'à ce que les modalités de son retour à Denver soient arrangées.

— C'est vrai, répondit-elle en secouant la tête. Depuis toutes ces années, jamais on n'a eu de chien perdu ou volé.

Et maintenant, nous nous retrouvons à essayer d'aider un chien d'élite qui disparaît, comme par hasard.

— Elle a disparu ?

Greyson bondit.

— Alors quoi, est-ce qu'elle a été volée ? Elle a sauté ? Est-ce que quelqu'un a laissé une grille ouverte par accident ? Que s'est-il passé ?

Il leva la main en voyant l'air contrarié de la femme.

— Croyez-moi. Je n'accuse personne. Je suis ici pour faire tout ce qui est en mon pouvoir pour retrouver le chien et m'assurer qu'il va bien.

Les épaules de la femme perdirent un peu de leur raideur. Elle opina.

— Nous n'en avons pas la moindre idée, l'informa-t-elle. Personne n'a vu ce qui s'est passé. Nous avions un chien dans cet enclos, et un autre dans l'enclos voisin. C'est le seul qui a été pris.

— D'accord, c'est bon à savoir. Mais aucune trace du chien disparu ?

Elle secoua la tête.

— Non, rien du tout. Et c'était plutôt frustrant. Nous ne sommes pas là pour perdre des chiens.

— Absolument, dit-il. Alors, racontez-moi tout ce que vous pouvez, du début à la fin.

— Voyons voir. Le chien est arrivé dans une caisse, et il a été livré à seize heures. Nous l'avons emmené courir, l'avons nourri, lui avons donné à boire, et fait faire un peu d'exercice. Nous sommes restés jusqu'à dix-huit heures. À ce moment-là, toutes les vérifications de sécurité ont été faites. Non, nous n'avons pas de caméras. Nous n'avons rien d'autre qu'une alarme basique, et non, nous n'avons pas d'alarmes sur les enclos.

— Bien, dit Greyson avant de s'interrompre, se tourner, et balayer les environs calmes de l'endroit. Quelqu'un était-il au courant ? Est-ce qu'il y a eu du tapage autour de ça ? Une couverture médiatique ou quelque chose ?

Elle secoua la tête.

— Pas à ma connaissance. Non.

— Comment était le chien ? Socialement parlant ?

Elle le regarda, visiblement perplexe.

— Était-il agressif ou grognon ?

— *Elle*, dit-elle avec emphase, était calme, patiente, et avait un bon comportement. Elle a bu un peu d'eau avant d'aller se coucher dans l'enclos.

— Vous n'avez pas eu de problème avec elle ? Elle n'était pas difficile à approcher ?

— Non, pas du tout. Et à mon avis, c'est peut-être un peu le problème. Vous savez, j'ai l'impression que si quelqu'un l'avait voulu, il lui aurait suffi de venir lui parler et il aurait pu la voler sans problème.

— Mais c'était une croisée malinois-berger, dit-elle, j'ai bien l'impression que c'est le genre de chien qui intimide.

— C'est ce qui m'inquiétait au départ. Je ne vois pas pour quelle raison quelqu'un voudrait un tel chien, à moins d'avoir besoin d'un chien de garde ou de défense.

— C'est possible, dit-il. Vous avez déjà eu des vols ou des crimes par ici ? On vous a dérobé d'autres animaux ?

Elle secoua la tête.

— Nous n'avons jamais eu le moindre problème. Les gens les laissent ici. Ils ne les volent pas. Il y a eu un problème sur la route ce jour-là, et je me suis demandé si la chienne n'était pas impliquée, mais je ne vois pas comment elle aurait pu.

— Quel problème ?

— Un accident de voiture devant. Quelques pare-chocs abîmés. Je sais que la police est venue parler aux personnes impliquées. La chienne aurait été visible dans son enclos sur le côté, mais je ne vois pas pour quelle raison elle aurait voulu s'échapper.

— Est-ce que je pourrais voir l'enclos, pour me faire une idée précise de ce à quoi le chien s'est retrouvé confronté ?

Elle hésita, puis lui adressa un petit signe de tête.

— Je serai bien contente quand tout ceci sera terminé, dit-elle. Nous ne connaissons pas l'échec, ici. Et de savoir que c'est un chien comme ça, que le gouvernement est impliqué, ce serait sûrement sans fin, déplora-t-elle en secouant la tête. C'est dommage, parce que cela jette une ombre sur notre dossier impeccable.

Il patienta aux côtés de son grand-père pendant qu'elle répondait au téléphone, puis s'occupait d'un chat en cage sur son bureau. Une fois que ce fut fait, il put jeter un coup d'œil à la réception, très simple. Il se rendit compte que, bien qu'on n'ait pas dépensé beaucoup d'argent pour cet endroit, il semblait être sain et bien entretenu.

Elle ouvrit les doubles portes et les conduisit à l'arrière, passant devant un tas de cages avec de petits animaux à l'intérieur et beaucoup de cages vides.

— Heureusement, vous n'avez pas l'air d'avoir beaucoup de pensionnaires en ce moment, fit-il remarquer.

— Nous détestons être au complet.

— Nous organisons en permanence des campagnes de collecte de fonds pour nous occuper des animaux, mais surtout, nous sommes toujours à la recherche de personnes désireuses de ramener les animaux chez eux et de les sortir de ces cages. Ce n'est une bonne vie pour aucun d'entre eux.

Son grand-père en regarda certains en secouant la tête.

— Ça n'a pas l'air d'être une partie de plaisir pour tout le monde, dit-il tristement.

— N'hésitez pas à me le faire savoir si vous en soyez un que vous voudriez adopter, dit-elle avec un grand sourire.

Il secoua à nouveau la tête.

— Pas sans la permission de la femme. Ça ne se passerait pas bien du tout.

— Alors, revenez avec elle, l'encouragea la femme.

Quant à Greyson, il laissait filer la conversation. Il doutait que son grand-père veuille s'occuper d'un animal de compagnie à ce stade de sa vie, mais Greyson s'était déjà trompé. Quand le vieil homme passa devant un basset couché tout seul dans sa cage, il ralentit le pas. Il s'accroupit et tendit les doigts vers lui. Le chien s'étira et le renifla, et afficha l'air le plus malheureux du monde. Sachant que son grand-père était déjà en train de s'accrocher, Greyson se tourna vers la femme qui s'éloignait encore.

— Quelle est l'histoire de ce basset ?

— Son propriétaire est décédé, et la famille nous a remis l'animal, expliqua-t-elle avec un froncement de sourcils. Il lui faut vraiment une maison tranquille avec quelqu'un qui l'aime, car non seulement il a besoin d'un bon foyer, mais il est aussi en deuil.

Le grand-père de Greyson se redressa, fourra les mains dans ses poches, et se détourna avec détermination, mais ses yeux ne cessaient de revenir au chien derrière eux. Celui-ci les regarda fixement alors qu'ils s'éloignaient. La femme les mena à la porte arrière. Greyson franchit un grand portail pour se rendre à l'enclos du chien. Il y avait une passerelle entre deux, et une autre un peu plus loin.

— Elle était dans l'enclos extérieur, dit-elle en pointant sur la gauche.

— Il y avait une raison à cela ?

Elle secoua la tête.

— C'était du hasard. Un pur hasard. Enfin, pas vraiment, en fait. Nous l'avons mise dans le plus grand enclos. C'était un gros chien qui s'était retrouvé enfermé dans une caisse, dans un avion pendant je ne sais combien de temps. Nous avons simplement pensé que cela lui laisserait le loisir de se détendre après une journée stressante.

Cela faisait sens à ses yeux et il appréciait la démarche. Il entra dans l'enclos qu'il arpenta, l'examinant à la recherche de traces éventuelles. Il s'arrêta en voyant des poils sur le haut de la clôture. Il sortit son téléphone et en prit rapidement une photo.

— Qu'est-ce que vous regardez ? lui demanda la femme d'un air méfiant.

— Juste des poils, dit-il, coincés sur le haut de la clôture, juste ici.

— Mais ils pourraient être là depuis une éternité, protesta-t-elle.

Il lui jeta un regard de travers.

— Peut-être, mais cela pourrait tout aussi bien être ceux de la K9.

Elle ne dit pas un mot de plus. Il recula un peu pour examiner le sol.

— Merci de m'avoir laissé jeter un œil.

Il prit quelques clichés supplémentaires de la zone depuis l'intérieur de l'enclos, et se rendit compte qu'il voyait un morceau de la rue de la zone forestière proche. Et, aux côtés de la réceptionniste, il traversa de nouveau le bâtiment jusqu'à l'avant. Ils retrouvèrent son grand-père accroupi devant le basset.

La femme s'avança.

— Il apprécierait vraiment un bon foyer. Il est réellement déprimé.

— Depuis combien de temps est-il là ?

Elle hésita.

— Deux semaines. Normalement, nous ne pouvons pas les garder plus de dix jours.

Grand-père la regarda avec horreur. Puis il posa les yeux sur Greyson, comme pour lui demander quoi faire.

— Tu peux toujours appeler grand-mère et voir ce qu'elle dit.

— Ou… et son grand-père se tut.

Mais Greyson savait exactement ce qu'il avait commencé à dire.

— Ou tu pourrais le ramener à la maison, sachant qu'elle tombera amoureuse de lui, comme tu viens de le faire.

Grand-père grimaça.

— Nos chiens me manquent, dit-il.

— Je n'en doute pas un instant. Il y a un endroit pour marcher ?

Il hocha la tête.

— Je marche sur les sentiers. Je fais des kilomètres et des kilomètres chaque jour, dit-il. Et je suis toujours seul maintenant.

À ce moment-là, la femme se baissa et ouvrit la cage, laissant le chien sortir pour dire bonjour. Et, évidemment, il se dirigea vers Grand-Père, avec qui un lien se formait déjà. Le vieil homme frotta doucement les longues oreilles du chien.

— Quel âge a-t-il ?

— À la louche, il doit avoir dans les cinq ans.

Grand-père hocha la tête.

— Comment s'appelle-t-il ?

— Leo.

Il rit en l'entendant.

— Ça ne m'étonne pas du tout. À combien se montent les frais ?

Elle hésita. Greyson regarda la femme, puis son grand-père, et lui dit :

— Pourquoi ne me laisses-tu pas m'occuper de ça pour toi ? Ce sera mon cadeau pour vous remercier de me laisser rester chez vous.

Grand-père le regarda et sourit.

— Si tu crois que ta grand-mère va te laisser t'en tirer comme ça, tu te trompes, fiston.

— On peut quand même espérer, dit-il en riant.

— Eh bien, ça pourrait rendre les choses plus faciles.

La décision prise, Greyson se rendit à l'avant et s'occupa de la paperasse, pendant que son grand-père et Leo faisaient connaissance. Et quand ce dernier fut autorisé à se rendre également à l'avant et qu'il fut conduit au camion, il donna l'impression d'avoir reçu un cadeau inestimable. Et c'était vrai. Il venait de se trouver un foyer aimant, avec deux personnes qui allaient le gâter, que demander de plus ? Leo démarrait une nouvelle vie, et étant donné ce que la femme avait dit au sujet du délai maximum de dix jours, Greyson se dit qu'il venait *littéralement* d'obtenir une deuxième vie.

Une fois arrivés au camion, son grand-père baissa les yeux sur le chien, puis les releva sur Greyson.

— Il n'y a pas beaucoup de place.

— Je vais le prendre sur mes genoux, proposa-t-il, et ce fut ainsi qu'ils firent.

Grand-père grimpa côté conducteur, et Greyson prit le grand basset. Le tenant dans ses bras, il parvint à se hisser à l'avant du camion, et boucla la ceinture autour d'eux deux.

En riant, son grand-père secoua la tête.

— Ta grand-mère va me tuer.

— Pas si elle tombe amoureuse avant.

— Et comment allons-nous procéder pour ça ?

— Et si j'entrais d'abord avec le chien ? proposa Greyson.

Grand-père hocha la tête avec enthousiasme. Il était partant pour tout ce qui pourrait lui ôter cette pression. Ils eurent vingt minutes de plus pour y réfléchir pendant qu'ils roulaient.

Quand ils s'arrêtèrent devant la maison, Greyson ouvrit maladroitement la portière du camion, et porta le chien dans ses bras. Sa grand-mère franchit la porte d'entrée et se précipita vers lui. Elle voulut l'étreindre, mais Leo l'en empêchait.

Elle regarda le chien et rit.

— Je ne sais pas qui est ce garçon, mais il est bien déterminé à participer à notre câlin !

— Laisse-moi le poser.

Greyson s'accroupit lentement et déposa le chien sur le sol. La laisse toujours dans la main, il se pencha par-dessus l'animal et étreignit sa grand-mère.

— C'est si bon de te voir, lui dit-elle.

Puis elle se pencha et salua le basset.

— Je ne savais pas que tu amenais un animal de compagnie. Le vol n'a pas dû être agréable.

— Eh bien, il n'était pas dans l'avion avec moi, précisa-t-il. Voici Leo. Il a été confié à un refuge local parce que son propriétaire est décédé. Cela fait quatorze jours qu'il y est, soient quatre de plus que leur limite habituelle. Alors ses jours étaient comptés, et il est très déprimé.

— Oh, pauvre petite créature ! s'exclama sa grand-mère

en s'adressant à Leo comme à un petit enfant.

De toute évidence, Leo avait déjà une bonne idée de qui était le patron ici, car il se mit à remuer et lui montra à quel point il voulait passer du temps avec elle. Quand elle se redressa, Greyson lui tendit la laisse et lui dit :

— Je suis vraiment ravi d'entendre que tu l'aimes bien, parce qu'il a vraiment besoin d'un foyer.

Elle resta bouche bée et le regarda, sous le choc, mais Leo était déjà en train de lui renifler les jambes, se promenant au bout de sa laisse.

— J'ai l'impression de m'être fait avoir, dit-elle, mais elle s'accroupit à nouveau et fit un gros câlin au basset.

C'est à ce moment que son grand-père apparut à côté de son épaule.

Il regarda Greyson, puis elle.

— Alors, ça a marché ?

Greyson se mit à rire.

— Je ne sais pas. La suite dépendra de toi. Il faut que tu la convainques de le garder.

Elle leva les yeux sur Grand-père et Greyson.

— Je me doute bien qu'il y a une histoire là-dessous, mais ça fait des mois que tu parles de prendre un chien.

— Je ne voulais pas m'attacher, dit Grand-père en fixant le chien, mais je ne pouvais pas le laisser dans cette cage.

— Bien sûr que non, répondit-elle. Entrez. Allons chercher de la nourriture pour ce garçon.

Et il n'en fallut pas plus. Leo avait une nouvelle maison. Jugeant une fois de plus que ses grands-parents étaient les meilleurs, et se demandant pourquoi il les avait écartés de sa vie pendant si longtemps, Greyson les suivit à l'intérieur de la maison, heureux de voir qu'ils avaient une vue sur l'océan et qu'il y avait des sentiers tout autour, y compris pour aller à la plage. Leo allait adorer ça. C'était un chien chanceux. Et Greyson le leur dit quand il entra.

— Ce chien s'est trouvé une maison formidable, dit-il, tout comme vous. C'est un endroit idéal où vivre.

— Maintenant, tu sais pourquoi nous avons déménagé ici, lui dit sa grand-mère. Mais je dois admettre que c'était plutôt difficile de nous en aller juste au moment où tu as eu ton accident, et que tu t'es retrouvé à subir toutes ces opérations.

— Je sais, dit-il, mais ce n'était pas votre faute.

— Non, mais j'ai l'impression que nous t'avons abandonné quand tu avais le plus besoin de nous, dit sa grand-mère.

Elle tendit les bras et l'enlaça à nouveau. Puis elle partit s'affairer dans la cuisine, essuyant ses larmes.

Une fois le café prêt, et comme elle n'arrivait toujours pas à se calmer, il se rapprocha d'elle, prit ses mains dans les siennes et la serra doucement dans ses bras.

— Tout va bien, la rassura-t-il. À ce moment-là, j'avais besoin de repousser tout le monde pour pouvoir me concentrer sur moi. De toute manière, vous n'auriez rien pu faire pour moi tant que j'étais dans cet état.

— Ce n'est pas vrai, protesta-t-elle. Nous aurions été là pour toi.

— Mais vous l'avez été, répondit-il. Physiquement, personne ne pouvait rien faire pour moi. J'étais en vrac. J'ai eu besoin de temps, et de beaucoup d'opérations, et je n'étais même pas conscient de la plupart d'entre elles. Ces mois sont passés dans un brouillard désagréable, et j'en suis ravi, parce que ça m'a donné l'occasion de me remettre, de récupérer et de reconstruire ma vie. Maintenant je suis là, vous aussi, vous êtes heureux et moi je vais bien ! s'exclama-t-il avec enthousiasme.

Elle lui sourit confusément. C'était tellement difficile de savoir que tu traversais tout ça. Je suis tellement désolée que tu aies à souffrir autant.

— Je sais, et moi aussi je suis désolé pour tout. Mais c'est bon, et je vais bien maintenant. Je vais mieux que bien, ajouta-t-il avec un sourire.

Elle lui sourit à son tour, puis lui tapota la joue.

— Eh bien, tu es un très bon menteur. On peut te l'accorder.

— C'est vrai, dit-il en riant. L'essentiel, c'est que tout aille bien, Grand-mère. Vraiment.

— Très bien, alors. Apporte ces biscuits sur la table, et je vais nous verser du café.

Et c'est ce qu'il fit. Dès qu'il s'assit, Leo débarqua et se posa sur le pied de Greyson, en quête d'affection. Il gratouilla le chien, puis celui-ci alla se poser sur les pieds de son grand-père. Il adressa un signe de tête au vieil homme.

— Bon choix, dit-il.

— Je n'ai pas l'impression d'avoir vraiment eu le choix, répondit son grand-père qui tendit la main pour la poser sur la tête de Leo.

— Tant que tout va bien.

Aux caresses possessives du vieil homme sur la tête du chien, Greyson sut qu'il était heureux. Et sa grand-mère ? Elle arborait un sourire doux en étudiant l'homme et son chien.

— Regardez-moi ça. Tu sais quoi ? Je l'ai taquiné pendant des mois et des mois pour qu'il prenne un chien, mais il se retenait. Et là, il passe cinq minutes avec toi, et nous en récupérons déjà un. Qu'est-ce qui va se passer d'ici une heure ou deux ?

Il éclata de rire.

— Eh bien, en fait, c'est par accident que nous y sommes allés. Un accident parce que Grand-père est venu avec moi, corrigea-t-il. Je suis venu ici pour chercher un chien de guerre qui a été expédié par erreur à Hawaï au lieu de Denver.

— Comment ça se fait ? demanda-t-elle, déconcertée. Expédié accidentellement à Hawaï ? Ça n'a aucun sens pour moi.

— Pour moi non plus, répondit-il, mais une fois arrivée ici, des arrangements temporaires ont été pris pour qu'elle soit hébergée par ce refuge quelques jours, le temps de reprogrammer un vol. Mais elle a disparu la première nuit. Je voulais jeter un œil aux lieux pour m'assurer que l'enclos était adapté, et parler à quelqu'un pour commencer.

— Et c'était le cas ? Est-ce qu'ils l'ont retrouvée ? Que lui est-il arrivé ?

Il leva la main pour interrompre les questions de sa grand-mère.

— Ils ne savent absolument rien. Ils n'ont aucune idée de ce qui est arrivé à cette chienne.

Jessica retourna dehors, fouillant son jardin du regard. Quand elle avait trouvé cette maison, elle avait su tout de suite qu'il fallait qu'elle la loue, car elle serait parfaite pour Danny, avec ce grand jardin dans lequel il pourrait grandir. Et son propriétaire, sachant qu'elle était une mère célibataire avec un enfant en bas âge, avait installé des caméras de sécurité à l'intérieur, mais pas dans la chambre de Danny ni dans les deux salles de bains. Mais il y en avait une dans sa chambre. Le propriétaire avait fait installer un bouton d'alerte au cas où quelqu'un s'introduirait dans la maison. Pour l'instant, elle ne s'était jamais servie du système de surveillance, mais il signifiait tout pour elle. Elle se sentait en sécurité.

À l'époque.

Plus tant que ça maintenant.

Et à présent, elle regrettait qu'il n'ait pas installé de caméras de surveillance dans le jardin.

Elle croyait avoir de nouveau vu ce chien, mais elle ne comprenait pas pourquoi il resterait ici. Elle était déjà un peu nerveuse, puisqu'elle et son fils avaient eu un accrochage il y a trois semaines et qu'elle avait appris par la suite que son ex-mari avait payé quelqu'un pour la percuter intentionnellement. Le culot de cet homme la rendait dingue.

Elle était séparée depuis deux ans maintenant, mais quand elle était tombée enceinte et avait annoncé la bonne nouvelle à son mari, il lui avait dit très clairement qu'il ne voulait ni d'un enfant ni d'elle. Mais maintenant que Danny était vivant et en bonne santé, George l'avait contactée par l'intermédiaire de leurs avocats du divorce environ deux mois plus tôt pour dire qu'il voulait son fils.

La paix et la tranquillité pour lesquelles elle s'était si longtemps battue s'étaient envolées en fumée. Une partie d'elle-même avait envie de douter que l'accrochage soit vraiment l'œuvre d'un intermédiaire de George, mais quand il s'était éloigné, le type avait dit que c'était un message de son ex-mari. Cela avait suffi à faire grimper sa tension en flèche, et ses craintes avaient fait basculer sa vie.

Elle n'avait pas fait de signalement à la police, car George était l'un de ces types effrayants. Et s'il croyait pouvoir s'en tirer avec un meurtre, il y parviendrait. La police ne l'arrêterait pas. Elle réfléchissait encore et toujours à l'idée de le dénoncer, mais plus le temps passait depuis l'accident, plus elle se sentait idiote. Que pourrait-elle répondre à l'inévitable question de savoir pourquoi elle ne leur avait rien signalé sur les lieux ? Parce qu'elle craignait son ex ? Mais n'était-ce pas une raison de plus pour aller à la police ?

Elle prit Danny dans ses bras et le serra fort. Quand le petit garçon se trémoussa pour qu'on le libère, elle sortit et le posa sous le porche. Elle avait installé une petite barrière tout autour pour l'empêcher de sortir dans le jardin, et s'en réjouit la première quand elle vit le chien pour la première fois.

Elle ne comprenait pas. Mais c'était la folie depuis cet accrochage. En fait, avant ça. Trois mois plus tôt, George avait décidé de réclamer Danny. C'était là que son avocat à lui avait contacté les siens. Elle était donc plus paranoïaque que jamais, elle avait l'impression d'être surveillée en permanence.

À présent elle ne savait pas quoi faire. Elle appela sa mère, mais celle-ci pensait qu'une fois de plus, Jessica était surmenée et qu'elle faisait une montagne de pas grand-chose.

— *Tu as l'impression d'être observée ?* Vraiment, Jessica ? Et chasse ce foutu chien. Il pourrait avoir la rage ou pire. Si tu étais restée mariée, il n'y aurait eu aucun problème.

Mais telle était sa mère : vous n'étiez personne si vous n'aviez pas d'homme dans votre vie. Jessica éclata d'un rire amer.

— Je n'étais pas vraiment quelqu'un avec cet homme, marmonna-t-elle pour elle-même.

Elle continuait de balayer le jardin du regard. C'était un chien énorme, noir, il ressemblait à un berger, mais elle ne comprenait pas ce qu'il faisait ici. Surtout qu'elle était persuadée de l'avoir vu sur les lieux de l'accident. Il y avait un refuge pour animaux tout près, et il était dans un enclos. Du mois, c'était ce qu'elle avait cru. Ç'avait été un tel cauchemar qu'elle n'était même pas sûre de ce qu'elle avait vu.

Quand le conducteur de l'autre véhicule impliqué dans l'accrochage avait tenté de s'approcher de Danny, qui était dans sa voiture au moment de l'accident, ils avaient eu une altercation et il avait menacé d'appeler les flics. La femme du refuge était sortie et avait demandé s'il y avait un problème, et le type avait annoncé à Jessica que c'était un message de la part de George. Puis un chien était apparu sur la droite et avait chassé l'homme jusqu'à son camion, qu'il avait démarré pour partir.

L'animal avait continué de le poursuivre sur la route. Elle ne voyait pas ce qui avait pu pousser le chien à faire une telle chose, ni à qui il appartenait. Elle se dit qu'il avait peut-être franchi la clôture, mais n'avait pas une vision assez claire pour en être certaine.

Elle ne vivait pas très loin, à peine à quelques kilomètres, et après l'accrochage, elle était rapidement remontée en voiture pour rentrer chez elle. Mais depuis, elle tremblait, elle était bouleversée. Et aujourd'hui, elle ne parvenait pas à se défaire de l'idée que le chien traînait dans les environs. Il ne s'approchait jamais vraiment, il restait dans le périmètre.

Elle hésitait à le nourrir, car que ferait-elle s'il était dangereux ? Elle devait protéger son fils. En même temps, cela n'avait aucun sens que ce chien ait poursuivi l'autre conducteur.

Elle était encore partagée, espérant que le chien avait de bonnes intentions envers son fils et elle. Cependant, elle n'avait aucune certitude, et comme elle n'avait jamais côtoyé d'animaux d'aucune sorte, car sa mère les considérait comme de sales bestioles infestées de maladies, elle ne savait pas comment expliquer le comportement du chien dans ce cas précis.

Elle fit un pas en avant et prit Danny dans ses bras, le serrant une nouvelle fois, ressentant ce besoin de se connecter avec son fils, jusqu'à ce qu'il se trémousse et crie à nouveau. Elle se rendit compte qu'elle le tenait trop serré. Avec un sourire tremblant, elle le reposa.

— Maman t'aime.

Il afficha un sourire rayonnant et lui dit :

— Bubboo aussi.

Elle gloussa.

— Pour ne pas rentrer pour jouer ?

Il secoua à nouveau la tête.

— Dehors.

— Évidemment que tu veux jouer dehors, dit-elle à mi-voix. Je veux dire, nous vivons à Hawaï.

Le temps était magnifique ici, et son fils avait toujours envie d'être dehors. Mais elle ne se sentait pas à l'aise de savoir que quelque chose ou quelqu'un les observait. Au moins, si elle avait été sûre que c'était le chien, elle aurait tout mis sur le compte de l'animal. Mais ce n'était pas la même sensation. C'était comme si elle était observée en permanence. C'était énervant, voire carrément terrifiant de se dire que son ex-mari était derrière tout ça.

Incapable de se contenir plus longtemps, elle prit Danny dans ses bras et rentra. Elle verrouilla la porte-fenêtre puis se rendit dans la cuisine en dépit des protestations véhémentes de son fils.

Elle l'assit rapidement dans sa chaise haute et lui proposa :

— Faisons des cookies.

CHAPITRE 2

PLUSIEURS JOURS PLUS tard, Jessica eut de nouveau ce même sentiment horrible. Elle lavait la vaisselle dans la cuisine alors que son fils était encore en train de prendre son petit-déjeuner. Elle regarda dehors et crut voir un animal se faufiler entre les arbres qui bordaient sa propriété. Mais après avoir fixé la zone pendant un long moment, elle ne vit rien. Bouleversée et frustrée, elle savait que si elle parvenait à avoir un bon aperçu de lui, elle saurait s'il s'agissait du même animal.

Quand elle jeta un nouveau coup d'œil à l'extérieur, elle aurait pu jurer avoir vu un visage entre les arbres. Son cœur s'emballa dans sa poitrine et elle se figea, puis inspira lentement. Pendant un moment, elle crut qu'il s'agissait de George. Elle ferma les yeux et s'effondra contre le comptoir. Elle aurait tant voulu ne jamais avoir eu cet accrochage ni avoir été menacée par l'homme de main de son ex-mari.

Il ne leur avait rien fait directement, à elle ou son fils. Il n'avait pas appelé, n'avait pas envoyé d'e-mail. Il avait fait faire le sale boulot à son avocat, entre la demande initiale de séparation et divorce, puis son changement d'avis récent au sujet de Danny. Qu'était-elle censée faire à présent ?

Dans son dos, Danny l'appela :

— Maman ?

Elle afficha un sourire éclatant, puis se retourna et

s'accroupit à côté de lui.

— Je vais bien, mon chéri. Maman est juste fatiguée.

Il rayonna.

— Maman a besoin d'une sieste.

— Ce serait tellement chouette ! répondit-elle en riant. Mais on va plutôt aller faire des courses.

— Youpi !

Elle savait qu'il ne comprenait pas encore ce mot, mais c'était chouette. Ce serait le cas bien assez vite. C'était tout bon.

Elle nettoya rapidement son petit plateau, lui nettoya les mains et le visage, le fit descendre de la chaise haute et termina de ranger la cuisine. Elle détestait ce réflexe qu'elle avait maintenant de jeter un œil dehors chaque fois qu'elle approchait d'une fenêtre ; en plus, elle ne voyait rien. Son cœur ralentit un peu, mais ce n'était pas suffisant. Elle ne pouvait résister à l'occasion de s'éloigner un peu. Elle lui enfila donc rapidement ses baskets, prit sa poussette, son sac à main et ses clés, ferma la maison et sortit par la porte d'entrée. Elle pouvait aussi conduire, mais pour l'instant, elle avait besoin de l'exercice procuré par la balade. Elle n'avait pas besoin de grand-chose, alors cela n'avait pas d'importance.

Alors qu'elle descendait la route et qu'elle tournait au coin, un véhicule arriva à vive allure derrière elle. D'instinct, elle sauta sur le côté, tirant la poussette de Danny avec elle. Seulement le camion prit un virage à gauche loin d'elle. Elle resta plantée là, la main sur la poitrine, à prendre de grandes et lentes respirations. Elle ne savait pas ce qui se passait, mais elle était dans un sale état. Il fallait qu'elle se ressaisisse avant que quelqu'un ne décrète qu'elle était une mère indigne.

Et, évidemment que cela ne remonte aux oreilles de

George. Il le faisait peut-être exprès, pour qu'elle paraisse névrosée et paranoïaque. Cela ne l'aurait pas étonnée de lui. Il était de ces personnes qui aimaient à faire croire aux autres que ce qu'ils pensaient avoir vu, et ce qu'il disait et faisait, ne correspondait pas vraiment à ce qui s'était passé. Il le lui avait fait à plusieurs reprises, jusqu'à ce qu'elle comprenne que c'était une blague pour lui.

Mais c'en était une de mauvais goût, et elle n'appréciait pas. Il se mettait en colère chaque fois qu'elle le lui avait reproché par la suite. Elle n'avait pas vu son comportement insensible avant leur mariage, et elle se demandait pourquoi il l'avait épousée. Elle avait sincèrement cru l'aimer à l'époque, mais n'avait jamais vraiment été sûre que la réciproque était vraie. C'était peut-être une étape de la vie, et il s'était dit qu'il était censé être marié. Elle ne savait pas. Pour ce qu'elle en savait, il aurait pu tout aussi bien parier dix dollars avec un pote.

Rien qu'à y songer, son amertume augmenta. Elle avait cruellement besoin de se défaire de cette attitude et, tout en marchant sur le trottoir, elle regardait attentivement autour d'elle pour repérer des choses qui la rendaient heureuse, qui la faisaient sourire. Elle montra du doigt un papillon sur une grande haie à gauche, ce qui fit joyeusement rire Danny. Puis un oiseau se mit à chanter dans l'arbre alors qu'ils passaient en dessous. Cela la fit sourire.

Il y avait tant de belles choses dans cette vie, tellement de choses merveilleuses, comme son fils, mais pour l'instant sa vie était obscurcie par cette peur qui accompagne la possession de quelque chose de si précieux. La peur de le perdre. C'était une sensation inconnue avant l'accrochage.

Elle avait complètement oublié George, qui vivait sa vie de son côté. Elle n'avait aucune idée de pourquoi il voulait un enfant maintenant. Alors qu'il lui avait clairement signifié qu'il n'était pas prêt à être père. Mais apparemment, il avait changé d'avis récemment, et cela lui faisait froid dans le dos.

Alors qu'elle prenait la direction du centre commercial, son téléphone sonna. Elle le sortit de son sac et se rendit compte que c'était encore un appel anonyme. Il n'y avait jamais personne à l'autre bout de la ligne, rien que du bruit en arrière-plan. Elle décida finalement de tenter le coup.

— George, arrête ça, dit-elle. Ça devient fatigant.

Elle entendit un halètement à l'autre bout du fil, et malheureusement, cela ressemblait à George.

Elle raccrocha précipitamment et fourra le téléphone dans sa poche, puis fixa ses mains tremblantes. Si c'était George, que ferait-elle ? Et pour quelle raison n'avait-elle encore rien fait à ce sujet ?

— QUE VAS-TU faire maintenant ? demanda sa grand-mère à Greyson le lendemain matin. Comment es-tu censé retrouver un chien qui a peut-être ou non fugué, ou qui a peut-être ou non été kidnappé ?

Il gloussa.

— Eh bien, je vais retourner à l'endroit où la chienne a disparu et voir si je peux la retrouver.

Ses deux grands-parents le regardèrent fixement.

— C'était il y a des semaines !

Il hocha la tête.

— Effectivement, et je sais que la météo a été variable depuis, mais je vais faire de mon mieux.

Les grands-parents échangèrent des regards avant de se tourner de nouveau vers lui. Son grand-père haussa les épaules et lui dit :

— Je te proposerais bien de venir avec toi, mais je serais probablement plus gênant qu'autre chose.

— Tu dois t'occuper de Leo aujourd'hui, répondit Greyson.

À ces paroles, son grand-père rayonna.

— Oui. Je vais aller lui montrer les passerelles aujourd'hui. J'emporterai peut-être aussi une tasse de café.

Il regarda sa femme qui lui versa immédiatement une grande tasse argentée.

Elle mit le couvercle et la lui tendit.

— Fais donc ça, lui dit-elle. Je vais aller en ville et faire quelques courses. Oh, et je dois retrouver les filles pour le déjeuner aujourd'hui.

Se levant pour partir, son grand-père hocha la tête et dit :

— Amuse-toi bien, ma chérie.

Quand il se dirigea vers la porte, Leo, qui était sous la table de la cuisine, sauta et courut derrière ses talons. Grand-père lui passa rapidement une laisse, et les deux franchirent la porte, heureux d'être ensemble.

Greyson s'assit avec son café et regarda son grand-père partir en promenade.

— Ça te convient que Leo soit là ? demanda-t-il à sa grand-mère.

— Oui ! C'est une très bonne idée, répondit-elle avec chaleur. Ça fait des mois que j'essaie de convaincre ton grand-père de prendre un chien, mais pour une raison que j'ignore, il ne voulait pas. Il y a quelque chose chez Leo qui a attiré son attention, et c'est une bonne chose, parce que ça lui a ôté le poids de la prise de décision.

— Comment va-t-il niveau santé ?

— Ce sera beaucoup mieux maintenant qu'il a Léo pour s'occuper de lui, dit-elle en riant. Elle le regarda.

— Tu veux un petit-déjeuner avant de partir ?

Il refusa d'un signe de tête.

— Mon estomac est encore en train de se remettre du fantastique dîner que tu as préparé hier soir.

Elle rougit de plaisir.

— Tu es toujours si flatteur !

— Absolument pas, répondit-il en riant.

Elle lui sourit.

— Bon, eh bien, dans ce cas, je vais aller me préparer.

Et sur ces paroles, elle disparut de la cuisine pour aller à l'étage.

C'était étrange d'être ici, mais en même temps, cela lui paraissait tout à fait normal, comme s'il n'y avait pas eu tout ce temps de passé, et qu'il se retrouvait au même point qu'il y a des années. Son père, leur fils, était mort, tout comme sa mère, au moment où Greyson intégrait la Marine. Ç'avait été un coup dur pour eux tous, mais lui au moins avait pu se plonger dans sa nouvelle carrière. Ils pouvaient compter l'un sur l'autre, et c'était tout, mais c'était déjà quelque chose.

À présent, leur famille se résumait à eux trois. Greyson savait qu'ils espéraient qu'il se marierait un jour et qu'il fonderait une famille, mais ce n'était pas tout à fait en haut de sa liste de priorités au moment.

Il prit un bloc-notes sur lequel il jeta des idées d'où chercher Kona, et ce qu'il convenait de faire. Le centre de secours avait sûrement entamé une procédure auprès de la police pour le chien disparu. Dans le cas contraire, quelqu'un avait sûrement signalé l'accident de voiture, ou du moins quelqu'un aurait dû le faire. Il contacterait donc la police locale, pour voir ce qu'ils avaient comme dossier, si tant est que celui-ci existât. Un chien de guerre comme ça ne devrait pas simplement disparaître. Il avait une photo d'elle dans le dossier qu'il avait apporté, qu'il avait également pris en photo sur son téléphone pour l'avoir avec lui.

Il l'afficha et zooma sur la gueule de l'animal, avant d'en faire son fond d'écran. Quand sa grand-mère revint, elle vit la photo sur son téléphone.

— Oh, dis donc, c'est un très bel animal !

— C'est Kona, c'est elle que je recherche.

— Et c'est un nom très hawaïen, dit-elle. Tu y as pensé ?

Il la regarda et marqua un temps d'arrêt.

— Tu sais quoi ? Même pas ! Je me demande si elle a été délibérément mal orientée, ou si son maître-chien était aussi hawaïen.

Il envoya rapidement un message à Badger pour lui demander l'origine du nom du chien et si les précédents entraîneurs et maîtres-chiens de Kona avaient été hawaïens. Le fait qu'un chien expédié accidentellement à Hawaï porte un nom hawaïen par pure coïncidence semblait improbable.

Badger lui répondit presque immédiatement qu'ils allaient vérifier. C'était quelque chose que Greyson appréciait dans cette équipe. Ils comprenaient la communication et l'importance de l'établir au plus vite. Jamais personne ne devrait être retardé en cours de missions parce qu'il attendait que quelqu'un lui transmette des informations.

Une fois son café englouti, sa grand-mère attrapa son sac à main. Il la regarda.

— Tu veux que je te conduise quelque part ?

Elle secoua la tête et lui sourit.

— Non, dit-elle. Tu peux y aller, prends le camion. Je prends ma voiture.

Il fronça les sourcils.

— Ça me pose vraiment un souci. Ça ne me dérange absolument pas de louer un véhicule.

— Et nous nous sentirions insultés que tu le fasses, répliqua-t-elle, mettant un terme à la discussion.

Alors qu'elle sortait et montait en voiture, il y songea, se demandant comment faisaient ses grands-parents pour toujours tout gérer aussi bien. Il rit. Ils se servaient de la culpabilité et la maniaient comme une épée. Il finit par grimper dans le camion et démarrer, se servant du GPS de son téléphone pour retrouver le chemin du refuge.

Dès qu'il se gara et entra dans le bâtiment, la femme le regarda d'un air surpris. Il se contenta de hausser les épaules et lui préciser :

— Je vais commencer à suivre la trace du chien à partir d'ici. Je voulais juste vous prévenir que je serai dans les parages un petit moment.

Elle hocha lentement la tête.

— Et vous n'avez rien vu d'autre ? Vous n'avez repensé à rien de particulier ?

Elle haussa les épaules et répondit :

— Non. Je ne sais rien du tout à ce sujet. Comme je vous l'ai dit, il y a eu un accrochage dehors, mais à part ça, je ne vois rien de particulier.

— Savez-vous par hasard qui était impliqué dans l'accrochage ?

Elle secoua la tête.

— Non, absolument pas.

— Est-ce que vous avez contacté la police au sujet du chien ?

— Oui, surtout parce que ce n'était pas un chien ordinaire ni un chien abandonné. On nous avait demandé de le garder en pension pour le protéger, ajouta-t-elle ironiquement. Et j'ai le nom de l'inspecteur avec qui j'ai discuté.

Elle se rendit à son bureau, fouilla parmi un tas de papiers, et lui tendit une carte.

— C'est à lui que j'ai parlé.

Greyson prit la carte de visite en photo, et sourit en la lui rendant, avant de la remercier.

— Je vais prendre contact avec lui et voir s'il a ouvert un dossier.

Elle parut soulagée à cette idée, et ravie de transmettre la responsabilité à quelqu'un d'autre.

— Si c'est bon pour vous, j'ai un tas de cages à nettoyer. Comment va Leo ?

Comprenant l'allusion, il hocha la tête avec un sourire.

— Leo est maintenant un membre bien aimé de la famille. Merci pour votre temps. Et, encore une fois, si jamais vous entendez ou pensez à quelque chose...

Puis il sortit.

Il s'avança vers le côté le plus éloigné et jeta un œil alentour, pour voir où le chien aurait pu aller. Il y avait beaucoup d'espaces verts ici, et si elle avait voulu franchir la clôture, elle aurait pu facilement le faire. Et comme il avait déjà retrouvé des touffes de poils sur le dessus qui pourraient correspondre au pelage de Kona, il était presque persuadé que c'était ce qu'elle avait fait.

La plupart des gens n'avaient pas idée du type d'entraînement auquel ces chiens de guerre étaient soumis, ni de leur agilité, de leur forme physique et de leur force. Dans le cas présent, la chienne avait des côtes endommagées, mais apparemment elle avait guéri. Mais elle partait de toute manière en retraite au bout de quatre ans. Donc si elle était parvenue à franchir cette clôture seule, elle allait sûrement très bien maintenant. Mais ce n'était pas le genre d'animal qu'il était bon de laisser errer.

Il se dirigea vers l'extérieur des enclos, là où il avait re-trouvé les poils, et, partant de là, il s'arrêta et scruta les environs. Évidemment, il n'y avait pas de traces. À ce stade, il n'y avait plus d'empreintes de pattes. Mais dans son idée, le chien avait dû se diriger vers la route. Les arbres étaient denses et épais, mais, à moins que le chien ait une raison de s'enfuir et de se cacher, il se dirigerait naturellement vers un espace plus ouvert. Mais s'il y avait un accident à ce moment, que ferait-elle ? Un grand fracas, ou un crash pouvait avoir été le déclencheur de la fuite du chien.

Il envoya un message à Badger pour savoir si la chienne souffrait de sensibilité au bruit. Car cela pouvait expliquer sa fuite. Si tel était le cas, elle se serait enfuie dans la direction opposée. Sur ce, il fit volte-face, balaya la zone du regard, et se mit en route. Au départ, il ne vit rien, puis, alors qu'il revenait vers la route, il trouva des poils accrochés à l'écorce d'un tronc. Il en prit une photo, persuadé qu'il s'agissait du même chien. Il continua de suivre la piste. Il lui fallut un peu de temps pour trouver la touffe de poils suivante, mais elle était de retour sur la route. Il réfléchit à cela en s'accroupissant à côté de l'endroit où les poils de chien s'étaient accrochés à quelques feuilles et branches. Appa-remment, le chien avait dû se tenir là quelques minutes, parce qu'il y avait un peu de poils, comme si Kona avait fait les cent pas.

Greyson imagina la scène avec la chienne tournant en rond, gémissant peut-être, perturbée par quelque chose. S'il y avait eu un accident, cela aurait pu suffire à déclencher Kona aussi. Se déplaçant silencieusement et à ras du sol, Greyson parvint à l'endroit où l'accrochage avait probablement eu lieu, car il vit un morceau de plastique sur le côté, vestige d'un phare de voiture. Il comprit que le chien avait dû assister à l'accident, mais alors quoi ? Greyson se retourna pour regarder vers l'endroit où la voiture se serait trouvée, jeta un coup d'œil vers le refuge, puis tourna instinctivement à droite.

— Oui, tu ne vas pas retourner dans la cage. Tu ne veux pas t'approcher des véhicules, mais tu es restée ici pour une raison. Laquelle ?

Cela le fascinait.

— Est-ce qu'il y avait chez ces gens quelque chose que tu n'as pas aimé ? Est-ce qu'il y a eu une confrontation qui t'a dérangée ?

Il avança sur le trottoir, à la recherche de tout autre signe indiquant que le chien était passé par là. Très vite, il trouva une autre brindille avec des poils dessus, puis une autre. Après avoir parcouru plusieurs kilomètres, il se rendit compte que la chienne était partie dans cette direction et qu'elle continuait à avancer. Il ne savait pas où allait l'animal, mais il se trouvait maintenant assez loin du refuge.

Il n'avait pas l'impression que quelqu'un avait volé le chien. À ses yeux, la chienne était partie sur sa propre mission. Il continua à longer le trottoir et, lorsqu'il perdit à nouveau la trace des poils, il s'arrêta, puis revint à l'endroit où ceux-ci se trouvaient. Il fouilla à nouveau la zone, pour finalement arriver à un point où il semblait que la chienne s'était couchée dans l'herbe.

Il ne découvrit qu'un peu de son pelage sur la surface d'un arbuste. Il s'assit à côté, là où l'animal s'était sûrement trouvé, et observa. Il y avait une maison de l'autre côté de la route, au bout d'une grande allée. Pendant qu'il l'observait, un camion recula dans l'allée et s'engagea sur la route. Il avait une bosse assez imposante sur le pare-chocs. C'était sûrement le cas de pas mal de véhicules. Cela ne signifiait pas nécessairement qu'il était impliqué dans l'accrochage du jour de la disparition de Kona. Il baissa les yeux sur l'endroit où la chienne s'était installée.

— Il y a quelque chose qui t'a tracassée là-dedans, n'est-ce pas, ma fille ?

Il se rendit compte qu'il attribuait des traits humains à l'animal, mais cela lui sembla juste. *Alors, si c'est le cas, où es-tu ?*

Le camion parti, il remonta tranquillement l'allée, cherchant une excuse toute prête au cas où quelqu'un s'interrogerait sur sa présence. Il inspecta le jardin de devant et ne vit aucune trace de poils de chien. Puis il fit le tour de la maison, et trouva des arbres et des buissons derrière un jardin. Il avait été entretenu à un moment donné, mais actuellement il était un peu envahi. Donc, soit la personne qui vivait ici n'était pas trop portée sur le jardinage, soit elle louait la maison.

Il inspecta le périmètre du jardin et, comme prévu, il trouva des touffes de poils coincées dans des petits recoins. *Alors tu es venue ici ?* Il nota promptement l'adresse qu'il envoya à Badger. Il aurait préféré avoir un contact en ville, et cette réflexion lui rappela qu'il n'avait pas encore contacté la police.

Entendant un bruit, il se faufila entre les arbres et traversa le jardin du voisin. Il vit le même camion qui remontait l'allée. Il se gara, et un grand homme en sortit. Il portait un jean, des bottes de travail et un t-shirt. Il entra en trombe dans la maison, visiblement contrarié par quelque chose.

À l'abri des arbres, Greyson prit en hâte une photo du camion et de la plaque d'immatriculation, y compris des dégâts à l'avant, et l'envoya à Badger pour qu'il puisse remonter la piste. Puis il repartit d'où il était venu. *Alors, où es-tu allée à partir de là, Kona ?* Il se tint debout, les mains sur les hanches, et se retourna lentement, car il était certain que la chienne était restée ici un moment, mais ensuite, soit elle n'était pas restée, soit elle était partie et était revenue.

Pour une raison ou une autre, cette maison l'intéressait. Et si elle était digne d'intérêt pour la chienne, alors elle l'était tout autant pour Greyson. Avec un dernier regard, il remonta la colline, se demandant où l'animal avait pu se rendre ensuite, bien déterminé à le découvrir.

CHAPITRE 3

AU CENTRE COMMERCIAL, Jessica et son fils passaient une matinée de détente, où elle acheta quelques articles dont elle avait besoin pour Danny. Elle entra dans le bazar à un dollar pour acheter quelques fournitures de bricolage, puis, ses sacs attachés à la poussette, elle prit lentement le chemin du retour. Elle fit halte dans une épicerie, acheta un peu de lait, quelques œufs et du raisin, puis rentra chez elle. Au moins, à l'intérieur du centre commercial, elle était parvenue à se débarrasser de cette impression étrange.

Mais à présent qu'elle rentrait chez elle, loin des lieux publics, elle la ressentait à nouveau. Comme si quelqu'un l'observait. Elle ne cessait de jeter des coups d'œil autour d'elle, sans jamais rien voir. Personne ne passa en voiture. Personne ne marchait dehors.

— Danny, je perds la tête, plaisanta-t-elle.

Le petit se contenta de gazouiller joyeusement. Mais rapidement, il remua, tombant presque de sommeil.

— Quand on rentre à la maison, ce sera l'heure de la sieste, lui promit-elle.

Il marmonna quelque chose d'inintelligible. Elle tendit la main entre les poignées de la poussette et caressa doucement les cheveux blonds de son fils. Il était presque endormi. Ils étaient à environ un kilomètre de la maison, et, tandis qu'elle marchait, son téléphone sonna de nouveau. Craignant qu'il s'agisse d'un autre canular, elle fut surprise de voir qu'il s'agissait de sa sœur.

— Salut, Lisa. Comment vas-tu ? lui demanda-t-elle en s'efforçant de prendre une voix joyeuse.

— Maman m'a dit que tu avais l'impression d'être observée, répondit sa sœur. Es-tu allée voir la police ?

— Maman m'a dit de ne pas le faire, dit-elle d'un ton sec.

— Tu aurais dû y aller dès le départ, juste après l'accrochage avec cet homme qui t'a menacée, la réprimanda Lisa. Il n'y a absolument aucune raison pour que tu ne le fasses pas.

— Je craignais que ce soit George, dit-elle.

— Et ?

— Tu sais qu'il a des amis flics partout, expliqua Jessica. Je me suis dit que ça lui reviendrait aux oreilles, et que personne ne me croirait.

Il y eut un silence à l'autre bout du fil.

— Je suppose que c'est une possibilité, reconnut Lisa à contrecœur. Mais c'est plutôt merdique de devoir s'inquiéter de ça à ce stade.

— Je sais, mais quel autre choix ai-je ?

— S'il arrive quoi que ce soit d'autre, répondit Lisa, il faut que tu ailles voir la police, quoi qu'il se passe.

— Je le ferai. Malheureusement, je crois qu'il me passe aussi des appels anonymes tout le temps.

Sa sœur hoqueta, horrifiée.

— La vermine ! Quand est-ce que tu trouveras ça assez grave pour agir ? s'écria-t-elle.

— Eh bien, c'est pour ça que j'en ai parlé à Maman.

— Et c'est bien la pire chose que tu aurais pu faire, répliqua Lisa. La seule chose que j'ai entendue ce matin, c'était que si tu étais restée mariée, tu n'en serais pas là.

— C'est très pratique pour elle, dit-elle d'un ton sec.

— Exactement, confirma Lia.

— Tu sais comment était George. Il me menaçait beaucoup.

— Et pourtant, tu ne nous as jamais rien dit, se plaignit sa sœur, la voix plus douce à présent. Tu sais que nous t'aurions aidée.

— C'est aussi bien que nous nous soyons séparés et que nous ayons divorcé, répondit Jessica d'un ton ferme. Il ne voulait pas de son fils, alors c'était une issue logique.

— C'est toi qui le dis. Mais qu'en est-il des déclarations de son avocat ? Au sujet du fait que George veut son fils maintenant ?

— Ce qu'il a dit n'a pas d'importance, dit-elle férocement, avant d'abaisser la voix pour que Danny n'entende pas. Il est hors de question que George touche à mon fils.

LE TEMPS QUE Greyson ait fini d'examiner toute la zone, ce qu'il était parvenu à établir, c'était que la chienne avait continué à travers bois, pas à découvert sur le trottoir. Il avait parcouru plus de six kilomètres sans retrouver de poils de chiens ou d'empreintes de pattes. Il croisa plusieurs personnes qui promenaient leurs chiens, et il s'était arrêté pour discuter avec eux et leur montrer une photo de la chienne.

— Bonjour. Voici Kona. Je suis à sa recherche, expliquait-il avec un sourire décontracté.

Le couple âgé qui promenait un petit yorkshire s'était arrêté pour observer la photo, puis avait froncé les sourcils et secoué la tête.

— Nous n'avons pas du tout vu ce chien, dit l'homme. Qui devons-nous appeler si c'est finalement le cas ?

Greyson sortit une carte de visite de Titanium Corp, nota son numéro de portable au dos et la lui tendit.

— Si vous voyez le chien, faites-le-moi savoir.

— Est-ce qu'il est dangereux ? demanda la femme d'une voix anxieuse.

— C'est un chien de guerre parfaitement entraîné, expliqua-t-il. Mieux vaut ne pas l'approcher si elle montre le moindre signe de mécontentement. Et appelez-moi tout de suite. Je viendrai la chercher immédiatement.

— *Tssss, tsst.* Ce n'est pas le genre de fin heureuse que nous attendrions pour un animal qui a servi son pays, dit le vieil homme.

Ils s'en allèrent, laissant Greyson planté là, les mains sur les hanches, à se demander à qui il allait pouvoir parler. Puis il se souvint de l'inspecteur. Il récupéra son téléphone, afficha la carte du policier et composa rapidement son numéro.

Une fois qu'il se fut présenté, l'inspecteur lui dit :

— J'aurais cru que vous seriez venus il y a plusieurs semaines déjà.

— Paperasse, expliqua Greyson. Et d'une manière ou d'une autre, cet animal est passé entre les mailles du filet.

— Je vous rappelle ! dit soudain l'inspecteur d'un ton pressant.

Greyson parcourut encore plusieurs pâtés de maisons, examinant le sous-bois, mais il s'était déjà écoulé suffisamment de temps pour qu'il soit en train de traquer n'importe quel type d'animal. Le poil qu'il avait vu correspondait bien au Malinois qu'il recherchait, mais il ne trouvait plus rien désormais. Il opéra un demi-tour et entreprit la longue marche jusqu'au refuge. Il croisa plusieurs autres personnes et s'arrêta pour leur demander si elles avaient vu la chienne.

Lorsque l'inspecteur le rappela, Greyson sollicita un rendez-vous alors qu'il revenait vers le camion de son grand-père.

— Je peux vous recevoir maintenant si vous voulez.

— C'est génial. J'en ai pour une quinzaine de minutes, précisa Greyson. J'arrive très vite.

En vérité, il était à plus de quinze minutes, puisqu'il n'avait pas encore atteint son véhicule. Mais il accéléra le rythme et récupéra son camion en dix minutes. Il régla son GPS et quitta rapidement le parking du refuge, prenant la direction du poste de police. Il avait cinq minutes de retard, autrement dit, il était presque à l'heure.

Lorsqu'il entra, un inspecteur se tenait sur le seuil de la porte et le regardait. Greyson lui tendit la main avec un sourire.

— Greyson Morgenstein, annonça-t-il.

— Inspecteur Boris Shear, répondit l'homme.

Il le guida à l'intérieur et lui montra du doigt une chaise vide dans le petit bureau.

Greyson s'assit et commença :

— Que pouvez-vous me dire au sujet du chien de guerre disparu ?

— Je crois que c'est ma réplique, répondit sèchement l'inspecteur.

— Je veux dire, qu'avez-vous découvert sur le chien ? demanda Greyson avec un geste de la main. À l'évidence, le sujet préoccupe le gouvernement américain.

— Et pourtant, vous avez mis des semaines à venir, répondit l'inspecteur avec un petit rictus.

— Eh bien, je viens seulement d'arriver, car on m'a remis le dossier hier. Alors j'admets que les rouages du gouvernement peuvent parfois tourner lentement, mais je suis ici pour rectifier le tir.

— Mais tout le monde ne peut pas se mettre en marche parce que vous le décidez.

Il tendit le bras pour prendre un dossier. Il était sacrément mince. Il l'ouvrit.

— Tout ce que j'ai, c'est un récépissé signé des maîtres-chiens de l'aéroport, disant qu'ils acceptaient le chien. Il a été emmené au refuge. Je n'ai même pas de photo transmise par le refuge ou l'endroit où il était gardé. Rien que des notes datant du lendemain matin, disant qu'il avait disparu.

— Est-ce que vous avez des théories, ou entendu parler de comportements suspects ?

— Je crois qu'ils se sont dit que quelqu'un avait laissé sortir le chien.

— Mais pour cela, il aurait fallu que cette personne soit dans le refuge, donc ce serait venu de l'intérieur, conclut Greyson.

L'inspecteur leva les yeux et le fixa.

— Qu'est-ce que vous voulez dire ?

— Ce que je veux dire, c'est qu'il n'y a pas d'accès extérieur ni portail donnant sur l'enclos où était la chienne.

Silence.

— Intéressant, lança l'inspecteur en se calant sur le siège. Je n'étais pas au courant de ça.

— Vous vous êtes rendu sur les lieux ?

— Oui, et j'ai vu la cour et l'enclos depuis l'intérieur.

— Mais vous n'y êtes pas entré ?

L'inspecteur secoua la tête.

— Si vous l'aviez fait, vous auriez vu qu'il n'y a pas de porte donnant sur l'extérieur.

— Alors, que pensez-vous qu'il se soit passé ?

— Je pense que le chien a sauté, répondit honnêtement Greyson. Ils sont connus pour être capables d'escalader à 1m80 sans problèmes.

L'inspecteur secoua la tête.

— Voilà qui ne me plaît guère. C'est un chien de guerre militaire. Il est dangereux, et il ne devrait pas être en liberté.

Ce n'était pas du tout le genre de discours que Greyson voulait entendre. Il se pencha en avant.

— *Elle* est très bien élevée, et ne se montre certainement pas agressive sans raison.

— Et la faim ? rétorqua l'inspecteur. Ce n'est pas parce que vous affirmez qu'elle est bien entraînée que c'est le cas. Et ce n'est pas parce que vous dites qu'elle est bien élevée, et qu'elle a un bon comportement que c'est vrai. Cela fait des semaines que ce chien a disparu. Pour ce que vous en savez, il aurait pu manger les autres chiens et chats du quartier.

— J'en doute fortement, sinon vous auriez reçu des plaintes concernant la disparition d'animaux de compagnie, dit calmement Greyson. Est-ce qu'elle aurait pu chasser un oiseau ou un lapin parce qu'elle en avait besoin ? Oui, absolument, elle l'aurait fait. Comme vous et moi le ferions.

— Et si l'oiseau ou le lapin devient un petit enfant ?

— Durant tout ce temps, ça ne vous a pas inquiétés que Kona mange les animaux domestiques et les enfants, répliqua Greyson. Pourquoi maintenant ?

— Parce que je pensais que le chien avait été volé.

— Dans quel but ?

— Peut-être que quelqu'un a entendu parler du chien ? Ou qu'il a pensé pouvoir s'en servir pour la reproduction ?

— Tous les chiens de guerre sont stérilisés, répondit calmement Greyson. Donc s'ils pensaient en faire un reproducteur, c'est raté.

— Mais ils ne le savaient peut-être pas lorsqu'ils l'ont pris ? D'ailleurs, ils ne le savent peut-être pas encore.

L'inspecteur fronça les sourcils.

— Donc, ce serait un réveil brutal. Et que se passera-t-il s'ils s'en prennent au chien parce qu'ils sont énervés ?

— Cette chienne pourrait se défendre contre un certain nombre d'abus, mais elle se trouve désormais dans une situation très étrange, et sa vie ordonnée et réglementée a été bouleversée, expliqua Greyson. Ça ne fait pas d'elle un chien fou, enragé et la bave aux lèvres.

— Cela n'en fait pas non plus un animal de compagnie sympathique que tout le monde voudra garder, dit le détective en le regardant fixement.

— Et que croyez-vous qu'elle va faire ?

— Comment pourrais-je le savoir ?

Au cours des dix minutes suivantes, alors qu'ils passaient en revue les différentes options qu'ils avaient pour retrouver le chien, l'attitude de l'inspecteur ne connut pas d'amélioration.

— J'attends que quelqu'un vienne porter plainte, lança l'inspecteur d'un ton revêche. Sûrement après qu'il aura attaqué quelqu'un.

— Encore une fois, c'est une femelle, et son nom est Kona. J'espère que vous avez tort, conclut Greyson en se levant. Ce serait le pire des scénarios.

— C'est vrai, acquiesça l'inspecteur qui se leva à son tour. Alors pourquoi n'essaieriez-vous pas de *la* trouver avant qu'elle ne tue quelqu'un ?

— Kona est un vétéran américain estimé, qui reste techniquement la propriété du gouvernement jusqu'à ce que les soins civils appropriés lui soient prodigués. Alors traitez-la en conséquence.

Bien que l'inspecteur ne lui ait jamais demandé qui avait confié cette affaire à Greyson, il lui laissa une carte de visite de Titanium Corp avec son numéro de téléphone portable au dos, en la plaçant bien en vue sur le bureau. Puis Greyson s'en alla sur un petit signe de tête.

Son entretien avec l'inspecteur n'avait pas été très fructueux et n'avait fait qu'accentuer la pression, car il avait compris que le policier n'éprouvait ni amour ni respect pour le chien et qu'il s'attendait déjà à ce que ce soit un mauvais scénario. Cette attitude ne lui serait d'aucune aide. Il sortit et grimpa dans le camion de son grand-père. C'était à la fois tellement logique et étrange d'être ici avec le pick-up du vieil homme. Il avait un peu d'argent de côté pour ses dépenses, mais il n'était pas payé pour son boulot de missionnaire. C'était un autre de ces emplois qui servaient au bien de la communauté. Et cela lui convenait ; il souhaitait simplement faire quelque chose pour venir en aide à Kona.

C'cst à cc moment que son téléphone vibra. Il le sortit et lut un message de Badger.

Apparemment, le nom de Kona n'est qu'une heureuse coïncidence entre son nom et le fait d'atterrir à Hawaï. Tu as eu quelque chose de ton côté ?

Plutôt que d'essayer de répondre, il appuya sur le bouton pour appeler, et quand Badger répondit, Greyson lui fit un rapport sur les dires de l'inspecteur.

— Voilà qui ne me donne pas l'impression qu'il te sera très utile. La dernière chose dont nous avons besoin, c'est que les forces de l'ordre tirent sur le chien.

— Je sais. Je vais commencer à prospecter dans tout le quartier que j'ai parcouru. Il doit y avoir une centaine de maisons, mais je ne vois pas vraiment quoi faire d'autre.

— On va aller au refuge et voir si l'on peut en tirer

quelque chose. Je n'ai pas non plus de retours particuliers sur l'adresse que tu m'as envoyée tout à l'heure. Dans tous les cas, je t'envoie les détails. Oh, et la plaque d'immatriculation du camion indique que c'est un véhicule volé.

— *Hum.* Ce n'est pas bon signe. Il faut qu'on le signale à la police. Pendant que tu y es, pourrais-tu trouver le rapport de police concernant l'accrochage qui s'est produit ? C'est le seul truc étrange dans cette histoire.

— Le seul ? ironisa Badger. On a un chien de guerre qui devait aller à Denver et qui a atterri à Hawaï. Puis il s'échappe d'un refuge, et maintenant tu penses que ça a un rapport avec un accrochage ?

— Et si le chien avait senti que quelqu'un était menacé ? Réfléchis à toutes ces histoires de violences routières qui se produisent souvent. Écoute. Je ne dis pas que c'est ce qui s'est passé ici, ajouta-t-il prudemment. Mais si le chien avait cru que quelqu'un était attaqué à cause d'une dispute ou quelque chose ?

— C'est un peu tiré par les cheveux, non ? demanda Badger, dubitatif.

— C'est un peu tiré par les cheveux pour le moment, précisa Greyson. L'autre option, c'est que la chienne s'est enfuie à cause du bruit. Dans ce cas, elle se cache dans l'ombre, tente de survivre et se demande ce qui est arrivé à son univers.

— Ce n'est pas non plus un bon scénario, répondit Badger d'un ton ferme. Je vais voir si je peux trouver des informations au sujet de l'accrochage. Et je n'ai pas trouvé d'infos sur une sensibilité particulière du chien au bruit.

— D'accord, dit-il. J'ai comme l'impression qu'il faut que je retourne au refuge où était le chien pour voir avec la femme de l'accueil si elle se souvient d'autre chose au sujet de cet accrochage.

— La femme est-elle sortie ?

— Oui, mais elle n'a pas dit grand-chose à ce sujet.

— Je te suggère d'aller l'interroger à nouveau, pour voir si elle a d'autres trucs à te dire.

— Ce sera fait. Si au moins je pouvais parler aux personnes impliquées dans l'accident… elles auront peut-être vu le chien. Dans le cas contraire, nous saurons que ce n'est pas la bonne piste à suivre.

— Je comprends ce que tu veux dire, répondit Badger. De notre côté, nous sommes sur le coup. Fais-moi savoir si tu as des nouvelles.

Une fois l'appel terminé, Greyson sauta dans le camion de son grand-père et reprit la route du refuge. Un air de grande détresse se dessina sur le visage de la réceptionniste lorsqu'elle le revit. Elle ne se leva pas, mais croisa les bras sur la poitrine et se détendit sur sa chaise.

— Qu'y a-t-il encore ?

— Donc, vous avez entendu l'accrochage le jour où Kona a disparu ? Savez-vous qui était impliqué ?

— Comment le saurais-je ? demanda-t-elle avec exaspération. Je suis sortie parce que j'ai entendu des cris. Mais en dehors de ça, je ne sais pas quoi vous dire.

— Il ne me semble pas que vous ayez parlé de cris avant, dit-il en s'appuyant sur le comptoir.

Il espérait que cette position ne paraîtrait pas menaçante, mais sa taille donnait souvent aux autres un sentiment d'insécurité. Cette femme ne semblait pas le moins du monde intimidée. En fait, c'était tout le contraire. Elle semblait s'ennuyer.

— C'est bien possible. Pourquoi l'aurais-je fait ? Ce n'est pas comme si ça avait un rapport avec le chien.

— Pourtant, le vacarme provoqué par deux véhicules qui se heurtent pourrait avoir suffi pour effrayer la chienne au point de la faire s'enfuir de l'enclos.

— Cette clôture mesure deux mètres de haut, dit-elle. Elle ne va sûrement pas sauter aussi haut.

Il la dévisagea, surpris.

— Les bergers sont connus pour être capables de sauter une hauteur de deux mètres à l'arrêt. Comment pouvez-vous imaginer qu'elle n'ait pas pu le faire ? Je suis surpris que vous l'ayez mise dans un enclos avec ce genre de clôture.

Elle fut immédiatement sur la défensive.

— Nous n'avons pas de chiens qui sautent ici, dit-elle en se levant. Maintenant, écoutez. Si vous avez d'autres accusations, vous devriez peut-être garder en tête que nous étions prêts à accueillir le chien après que des circonstances foireuses l'aient amené ici. Nous ne sommes pas les coupables ici.

— Je comprends, et je serais heureux de ne pas avoir à revenir simplement pour vous poser d'autres questions, mais cela ne m'aide toujours pas à trouver qui était impliqué dans l'accident.

— Quelle différence cela fait-il ? a-t-elle demandé avec curiosité. Ce n'est pas comme s'ils avaient eu quelque chose à voir avec le chien.

— Mais c'est une possibilité, dit-il patiemment. Ils ont pu voir quelque chose.

Elle y réfléchit, haussa les épaules, et lui dit :

— Eh bien, il y avait une jeune femme dans une voiture argentée. L'autre type était dans un camion.

— Et il lui criait dessus ?

— Eh bien, il y a eu des cris, mais je ne sais pas s'ils venaient d'eux ou des gens coincés dans la circulation derrière eux.

— Avez-vous reconnu l'un d'entre eux ?

— Eh bien, il y avait Joe quelques voitures derrières eux. Il n'a pas cessé d'appuyer sur son klaxon. Mais il le fait tout le temps, ricana-t-elle.

— Et qui est Joe ?

— Joe Hinds, dit-elle. Il vit en haut de la rue, quatre maisons plus haut.

— Quatre ? demanda-t-il, en regardant par la fenêtre. Dans quel sens ?

— Vers la droite. Son nom est sur la boîte aux lettres.

— Je vais voir si je peux discuter avec lui. Et merci.

Il lui adressa un bref sourire, puis se tourna et franchit la porte. Il l'entendit murmurer quelque chose dans son dos, mais comprit le sens général. Quelque chose, comme « bon débarras », et qu'elle espérait qu'il ne reviendrait jamais. Malheureusement, tant qu'il n'aurait pas découvert ce qui est arrivé à Kona, Greyson reviendrait. Hors de question qu'il cesse de chercher Kona.

CHAPITRE 4

D E RETOUR CHEZ elle, Jessica fit rapidement entrer Danny toujours endormi dans sa poussette et verrouilla les portes. Puis elle déballa ses quelques provisions, et coucha son fils dans son lit pour une sieste. Elle avait envie de s'allonger et se reposer, mais elle était encore trop sur les nerfs. Elle n'arrivait pas à se débarrasser de ce sentiment d'être observée. Elle resta dans la chambre de son fils jusqu'à ce qu'il s'endorme à nouveau après qu'elle l'eut réveillé en le passant de la poussette à son lit, puis se glissa dans sa chambre.

Elle se tenait à la fenêtre, près des rideaux, à scruter le jardin. Apparemment, il n'y avait rien, et elle se rendit compte qu'elle semblait folle et agissait comme telle. Si quelqu'un la voyait comme ça, il s'interrogerait sur son état mental. Et que pourrait-elle répondre ? Qu'elle avait peur que son ex veuille tout à coup s'en prendre à elle et son fils ? Cela n'avait aucun sens non plus puisqu'ils s'étaient séparés deux ans plus tôt. De cette pièce, elle passa dans la salle de bains, puis dans la chambre de son fils, scrutant tous les angles, mais elle ne vit rien à l'extérieur. Elle descendit et mit la bouilloire à chauffer. Elle se fit une tasse de thé quand elle fut bouillante.

Alors qu'elle était assise près de la baie vitrée, elle crut voir un bruissement dans les buissons. Elle se figea et regarda par la fenêtre, certaine d'avoir vu une queue remuer. Était-ce ce chien ? Était-ce lui le responsable de cette impression étrange d'être suivie ?

Elle ne comprenait pas. Il y avait quelque chose de bizarre dans tout ça, et c'était effrayant. C'était effrayant de se dire qu'elle croyait avoir vu le visage d'un homme dans ces buissons plus tôt, mais elle avait tout aussi peur que ce soit le chien. Était-il dangereux ? Elle n'arrivait pas à surmonter l'idée que c'était peut-être le cas, et elle n'avait pas envie de gérer ça. Mais comment était-elle censée l'éviter ?

Lorsqu'elle entendit un vacarme à l'extérieur, elle se précipita dans le jardin et s'approcha de la clôture du voisin. Une grande clôture en bois les séparait, mais elle crut entendre des aboiements dans son jardin. Quand son voisin sortit, il se mit à crier.

Elle l'interpella :

— Qu'est-ce qui se passe ?

— Maudit chien ! On dirait qu'il s'en est pris à ma poubelle ! rugit-il.

Elle se précipita vers l'allée arrière, où il la stockait, et franchit le portail. C'était sûrement une chose idiote à faire, mais elle voulait voir le chien. Devant elle, au coin de l'allée, elle crut voir quelque chose de sombre s'en aller par l'arrière. Elle gémit.

— Je ne sais pas si c'est lui ou pas, marmonna-t-elle.

Son voisin passa la tête par-dessus le portail et la regarda fixement.

— Comment se fait-il qu'il ne s'en soit pas pris à vos poubelles ? demanda-t-il d'un ton sec.

Qu'était-elle censée dire ? Elle ne mettait pas de nourriture dans sa poubelle. Elle n'avait pas assez d'argent pour gaspiller comme lui le faisait. Il était du genre à jeter une boîte à pizza avec une moitié toujours dedans, et de mettre le tout dans la poubelle extérieure.

Avec un haussement d'épaules, elle recula dans son jardin clôturé. Elle referma le portail et retourna à sa maison, dans laquelle elle entra par la porte-fenêtre à l'arrière. Elle n'avait quitté sa maison qu'une minute ou deux, mais elle ne put s'empêcher de courir jusqu'à la chambre de son fils pour s'assurer qu'il était toujours là. Heureusement, il dormait.

Elle redescendit et trouva la porte d'entrée légèrement entrouverte. Elle se figea sur la dernière marche et la regarda fixement. Elle n'aurait sûrement pas laissé la porte ouverte quand elle était rentrée plus tôt avec les courses. Et, si ç'avait été le cas, est-ce qu'elle ne s'en serait pas rendu compte ? Elle était descendue se faire du thé, mais elle avait été distraite.

Craignant que ce soit quelqu'un d'autre qui ait ouvert la porte, elle remonta en douce à l'étage et se tint sur la dernière marche, morte d'inquiétude. Comme elle était sortie dans le jardin, la personne qui avait ouvert la porte aurait pu aussi se faufiler à l'intérieur et monter. Son cœur tambourinait contre ses côtes alors qu'elle se précipitait dans le couloir vers la chambre de son fils. Il était toujours au lit, en train de dormir. Elle plaqua la main sur sa bouche, se demandant ce qu'elle devait faire.

Elle se baissa et regarda sous son lit, ne trouva rien, et vérifia ensuite le placard. Elle se rendit dans la salle de bains où il n'y avait rien non plus, rien qui sortait de l'ordinaire. Les mains tremblantes, elle poussa la porte de sa chambre principale pour s'assurer qu'il n'y avait personne derrière. Elle resta là à tendre l'oreille, espérant qu'il n'y ait personne chez elle, toujours terrifiée.

Quand sa sœur l'appela quelques minutes plus tard, Jessica se précipita pour couper la sonnerie, mais c'était trop tard : si quelqu'un était dans la maison, la personne saurait qu'elle était à l'intérieur. Elle eut envie de rire tant c'était évident qu'elle était dans la maison : ils l'avaient forcément déjà vue et entendue.

Elle s'obligea à vérifier sa chambre, ses placards, et la salle de bains attenante. Il n'y avait rien. Soulagée au point d'en avoir les larmes aux yeux, elle les essuya impatiemment. Certaine qu'il n'y avait pas de danger à l'étage, elle redescendit. Elle vérifia rapidement les pièces, ferma et verrouilla la porte, puis rappela sa sœur.

— Salut ! lui dit-elle. Que faisais-tu ?

— J'ai trouvé la porte d'entrée ouverte, dit-elle, alors je vérifiais qu'il n'y ait personne à l'étage.

— Quoi ? s'écria sa sœur. Mais merde, Jessica ! Appelle la police, merde !

— Pourquoi ? Parce que je suis une idiote qui a laissé la porte ouverte ?

Elle se promena dans le rez-de-chaussée, s'assurant encore qu'il n'y avait personne.

— Tu sais déjà que ton ex-mari est psychotique et qu'il pourrait s'en prendre à toi.

— Non, je n'en sais rien. À l'heure actuelle, je ne comprends pas grand-chose. Est-ce que tu avais une raison de m'appeler, en dehors de mes soucis ?

— Bien sûr que oui, dit-elle. Même si on peut dire que ça concerne encore tes soucis. C'est Maman. Elle est vraiment bouleversée.

— C'est bien, dit-elle. Qu'est-ce que ça a à voir avec moi ?

— Elle veut que tu t'excuses.

Jessica hoqueta, incrédule.

— Moi m'excuser auprès d'elle ? Ça ne devrait pas être

l'inverse ?

— Elle craint que tu fasses quelque chose de stupide, comme accuser ton ex-mari de tout ça, dit sa sœur d'un ton fatigué.

— Oh, pour l'amour du ciel ! s'exclama-t-elle. Je ne vais certainement pas l'appeler et m'excuser pour quelque chose comme ça.

— Je sais bien, et je ne veux pas que tu le fasses. Mais je voulais t'avertir qu'elle est déchaînée.

— Elle est toujours déchaînée, répondit Jessica. Comment se fait-il qu'elle soit toujours en train de se mêler de mes affaires ?

— Je ne sais pas. Si tu étais restée avec lui, elle ne serait peut-être plus sur ton dos.

— Donc tu es en train de me dire que j'aurais dû rester ?

— Non, mais elle m'épuise, répondit sèchement sa sœur. C'est horrible, et je suis vraiment lasse de tout ça.

— Je comprends, répondit Jessica, mais ce n'est pas une réponse pour moi.

— Je sais bien, et je ne sais pas ce que je suis censée faire.

— Eh bien hier tu me suggérais de dire à Maman d'aller se faire voir. Aujourd'hui tu me dis qu'il faut que j'arrange les choses avec elle.

— Je suis désolée, répondit sa sœur. Ce n'est pas ce que je voulais dire.

— Je ne peux pas lui parler pour l'instant, dit-elle. J'ai assez de problèmes à gérer.

— Du nouveau ?

— Non, répondit-elle, parce qu'elle ne voulait pas partager ses craintes avec sa sœur, et qu'elle raconte des histoires à sa mère. Cela ne ferait qu'aggraver le problème.

— Prends soin de toi. Je vais essayer de retenir Maman.

— Dis-lui que je ne veux pas lui parler, demanda Jessica. Ça va l'énerver encore plus.

— Tu veux qu'elle s'énerve ?

— Évidemment, comme ça elle me laissera tranquille, me dit-elle.

Une fois qu'elle eut raccroché avec sa sœur, elle revint dans la cuisine, où elle se rendit compte qu'elle avait laissé son thé refroidir. Plutôt que de le réchauffer au micro-ondes, et de lui donner un goût dégoûtant, elle remit la bouilloire à chauffer.

Elle s'assit à la table de la cuisine, attendant que son fils se réveille, écoutant les bruits de la maison qui grinçait autour d'elle tandis qu'elle essayait de se décider sur quoi faire. Il lui restait encore deux semaines de vacances, ensuite elle était censée reprendre le travail. Elle gérait une petite entreprise en ville, et c'était tout juste suffisant pour joindre les deux bouts, en particulier avec le coût élevé des garderies.

Elle avait espéré trouver un travail à domicile, pendant qu'elle était ici avec son fils, mais elle avait manqué de chance. Cela ne lui semblait pas très correct de profiter de jours de congés pour chercher du travail, mais elle ne savait pas quoi faire d'autre. Tout dépendrait de sa capacité à trouver une meilleure solution, afin de pouvoir élever son fils avec un peu plus d'argent et plus de temps à lui consacrer. Elle reprit le journal et entoura les emplois pour lesquels elle devait postuler. Elle effectuait toujours des recherches sur internet en premier, mais c'était une petite ville, et si elle avait pu trouver quelque chose de plus près, à temps partiel, ou en télétravail, ç'aurait été l'idéal.

Sur une annonce, quelqu'un recherchait une assistante personnelle qui travaillerait de chez elle, avec quelques réunions occasionnelles. Elle se demanda si cela pourrait marcher. Elle nota rapidement les coordonnées sur sa liste.

Le temps de parcourir le journal et de terminer sa recherche en ligne pour la journée, elle entendit Danny à l'étage, qui venait de se réveiller. Elle se leva et se rendit à l'étage. Quand elle entra dans sa chambre, son petit garçon était en train de frotter ses yeux emplis de sommeil. Elle le prit dans ses bras, lui fit un gros câlin, et l'emmena dans la salle de bains où elle le posa sur les toilettes. Quand il eut terminé, elle lui montra une nouvelle fois comment grimper sur la marche pliante pour se laver les mains. Puis elle le souleva dans ses bras et l'emmena en bas.

— J'ai faim, murmura-t-il contre son épaule.

Elle hocha la tête et l'embrassa sur le front.

— Allons te chercher une collation.

Alors qu'elle descendait les escaliers et traversait la pièce, elle jeta un coup d'œil au jardin à travers les doubles portes vitrées et se figea lorsqu'elle vit un homme dehors. Elle en eut le souffle coupé et se précipita vers la fenêtre. Si quelqu'un avait été là, il n'était pas en vue sous cet angle maintenant.

Elle se hâta d'entrer dans la cuisine, et crut voir une tête se baisser sur le côté. Elle suivit la même direction, jusqu'à la porte d'entrée. Elle ouvrit la porte et sortit juste à temps pour voir un homme courir le long de la haie. Elle jura à mi-voix.

— Maman ?

Elle embrassa de nouveau Danny et lui dit d'un ton joyeux :

— C'était juste quelqu'un qui passait par là.

Il se frotta à nouveau les yeux et hocha la tête, visiblement indifférent à ce qui se passait. Maintenant, si elle aussi pouvait être indifférente !

Elle rentra, referma soigneusement sa porte d'entrée

qu'elle verrouilla, et lui prépara un petit encas.

— Qu'as-tu envie de faire aujourd'hui ?

— Veux aller au parc, dit-il, occupé à manger sa tartine au beurre de cacahuète qu'il fourra sans ménagement dans sa bouche.

Quand il eut fini, elle le nettoya, l'habilla et lui dit :

— Allons au parc, alors.

Elle le posa dans la poussette et ils se dirigèrent vers un joli petit parc où se trouvaient beaucoup d'autres adultes. Ils avaient de la chance, car deux autres femmes étaient là, avec leurs enfants que Danny connaissait bien. Les enfants se saluèrent immédiatement en criant, et elle aida Danny à sortir de sa poussette pour aller vers le bac à sable, où il grimpa et commença à jouer. Elle alla rejoindre les deux autres femmes.

— Tu vas bien ? Tu m'as l'air un peu fatiguée, dit Mary.

— Je le suis, dit-elle. J'ai trouvé ma porte d'entrée ouverte plus tôt dans la journée. Quand je suis allée récupérer Danny après sa sieste, il y avait encore un étranger dans le jardin.

L'autre femme sursauta, se pencha plus près et dit :

— Tu sais qui c'était ?

Jessica a secoué la tête.

— Non. Pas la moindre idée, dit-elle. Mais c'est suffisant pour me mettre en colère.

— Et bien sûr, avec ton ex qui n'est pas présent, c'est encore pire, n'est-ce pas ?

— Eh bien, je me sens effectivement plus vulnérable, dit-elle, sans vouloir s'appesantir sur l'ironie de cette déclaration. Mais je ne voudrais pas d'un homme juste pour me protéger.

— Les hommes servent à beaucoup de choses, dit Heather en remuant les sourcils.

— C'est bien possible, répondit Jessica avec un faible sourire. Mais je ne me lancerais pas dans une autre relation juste pour ça.

— Non, répondirent les deux femmes à l'unisson.

Mary continua :

— Ce ne serait pas malin.

— Tu devrais aller faire un signalement à la police, suggéra Heather. Et si quelqu'un te harcelait ?

— Le problème, c'est que je ne vois pas bien ce que la police pourrait y faire, dit lentement Jessica. Du moins pas avant qu'il ne se passe quelque chose de plus grave.

— Et c'est exactement ce que nous voulons éviter. C'est bien trop horrible d'envisager ce genre de choses. Mais la police n'a pas vraiment les moyens d'arrêter les harceleurs.

— Je sais, convint Jessica. Pas jusqu'à ce qu'ils franchissent la limite.

LE NOM ETAIT là sur la boîte aux lettres, comme on l'avait indiqué à Greyson. *Joe Hinds*. Il s'approcha de la porte d'entrée et frappa. Au bout de quelques minutes, il entendit des bruits de pas à l'intérieur.

Finalement, la porte s'ouvrit sur un homme d'une soixantaine d'années qui se tenait là, le regardant fixement.

— Je n'achète rien, dit-il.

— Parfait, répondit Greyson en souriant. Je ne vends rien. Je voulais vous parler de l'accrochage dont vous avez été témoin il y a quelques semaines.

Joe ricana.

— Je ne veux pas non plus avoir affaire aux assurances.

— Ce n'est pas ce que je vous demande. Je suis à la recherche d'un chien de guerre qui était au refuge situé près du lieu de l'accident. Il a disparu à peu près à ce moment-là, et je me demandais si vous l'aviez vu.

— C'est quoi cette histoire de chien de guerre ?

Il haussa les sourcils, puis les fronça. Il avait l'air d'avoir un unique sourcil épais.

— Je ne sais rien au sujet d'un chien de guerre.

— Je comprends, dit Greyson. Juste après l'accident, pendant que tout le monde était bloqué dans les embouteillages, avez-vous vu un chien foncé ressemblant à un berger en liberté autour des lieux ?

Il le regarda avec étonnement.

— Comment saviez-vous qu'un chien était là ?

Greyson prit une lente et profonde inspiration. C'était le premier indice qu'il était sur la bonne voie et que le chien avait été proche des lieux de l'accident.

— Où était-elle quand vous l'avez vue ?

— Elle aboyait sur l'homme qui avait tapé la jeune femme.

— C'était donc ça l'accident. Un homme a foncé dans la voiture d'une jeune femme ?

Joe hocha lentement la tête.

— Très bien. Est-ce que vous avez reconnu l'un d'entre eux ?

— Je crois que j'ai déjà vu cette femme dans le coin, répondit l'homme. C'était terrible, parce que son petit garçon était sur le siège arrière.

À cet instant, le cœur de Greyson s'emballa.

— Le bébé pleurait-il ?

Il hocha la tête.

— Oui, et la femme avait l'air vraiment choquée, parce

que l'autre type se montrait particulièrement grossier.

— Mais il l'a tapée, vous disiez ? Ou vous parliez du fait que son véhicule a heurté celui de la jeune femme ?

— Oui, il s'est montré… menaçant, je dirais, avec elle, mais je ne sais pas trop comment ça s'est passé. Le chien s'est mis à aboyer sur le type, et il l'a obligé à battre en retraite vers son camion.

— Ensuite, qu'a fait la chienne ?

— Je ne sais pas vraiment, dit-il avant de marquer une pause. Le type est remonté dans son camion, et la femme dans sa voiture, et tout le monde a disparu. Je pouvais enfin rentrer chez moi. Bon sang, je n'étais qu'à quelques maisons de chez moi ! s'exclama-t-il avec un geste de la main en direction de la route.

— Donc, vous n'avez pas vu où est allé le chien ensuite ?

— Pour autant que je sache, il est parti dans les buissons.

— Mais le chien semblait plus protecteur envers la femme et l'enfant ?

— Soit ça, soit il n'a vraiment pas apprécié les cris. J'ai eu un chien comme ça autrefois. Dès que quelqu'un élevait la voix, il s'énervait.

— Est-ce qu'on aurait dit que le chien était contrarié ?

Joe le regarda et fronça les sourcils.

— On aurait plutôt dit que le chien était en colère contre l'homme qui criait. Mais je ne peux pas vous en dire tellement plus.

— Eh bien, c'est bon à savoir. Merci.

Greyson balaya les environs du regard, puis demanda :

— Avez-vous vu le chien dans les parages depuis l'accident ?

— Non, il ne me semble pas, répondit l'homme, même si je n'ai pas vraiment regardé. On aurait dit une sorte de berger, mais en dehors de ça, c'était juste un chien pour moi.

— D'accord. Merci pour votre temps. Vous m'avez été très utile.

Puis Greyson s'arrêta et demanda :

— Vous avez dit que la femme était du coin. Vous avez une idée d'où ?

— Je l'ai déjà vue passer sur la route, donc elle doit habiter quelque part par ici. Il ne doit pas y avoir plus d'une trentaine de maisons dans les environs, vous devriez pouvoir repérer sa voiture dans l'allée.

— Effectivement. Vous avez des détails sur son véhicule ?

— Une petite voiture argentée, une Pontiac, il me semble.

Il recula pour fermer sa porte.

— Merci encore, lui dit Greyson, juste avant que la porte ne se referme avec un *clic*.

Il n'était pas vraiment amical, mais il lui avait fourni des informations utiles. Il avait confirmé la présence du chien au moment de l'accrochage.

En remontant la rue, Greyson cherchait la petite Pontiac argentée, se demandant où vivait la femme. Et ce que la chienne avait à voir dans tout cela. Il vérifia un côté de la route, puis redescendit par l'autre côté. En arrivant tout en haut du pâté de maisons, il tomba sur une petite Pontiac argentée garée dans une allée. Une grande allée. Celle jusqu'où il avait remonté la trace de Kona.

Il s'approcha, examina le véhicule, et trouva une bosse sur l'air, ainsi qu'un transfert de peinture. Il s'approcha de la porte d'entrée et frappa. Quand une femme ouvrit la porte, il lui sourit, appréciant la vue du gamin joyeux qu'elle tenait dans les bras.

— Désolé de vous déranger, mais je suis à la recherche d'un chien qui a disparu.

Il la vit immédiatement remonter ses défenses, et elle recula légèrement.

Il leva les mains pour lui montrer qu'il n'avait rien de menaçant.

— Je m'appelle Greyson Morgenstein. Je suis ici au nom du programme des Chiens de Guerre. Il y avait un chien au refuge du bas de la rue. Le jour où vous avez eu votre accrochage, il a disparu.

Son visage s'éclaira un peu, alors que son regard oscillait entre lui et sa voiture.

— Il ressemblait à un berger ?

— Oui, c'est un croisement malinois-berger, confirma-t-il. Vous l'avez vu ?

Elle hocha lentement la tête.

— Je l'ai vu aujourd'hui.

Il haussa les sourcils et demanda avec empressement :

— Où ça ?

— Je pense qu'il est allé fouiller dans les poubelles de mon voisin, expliqua-t-elle.

Il fronça les sourcils, car ce n'était pas un comportement habituel de ce genre de chiens, mais pourquoi pas, si elle était affamée.

— Et c'était aujourd'hui ?

— Il y a quelques heures, oui, dit-elle en pointant la route du doigt. Il est parti dans cette direction.

— L'avez-vous vu le jour de l'accident ?

Elle se renfrogna et hocha la tête.

— J'imagine que vous pouvez appeler ça un accident. C'était plutôt une menace.

— Que voulez-vous dire ?

Elle grimaça avant de lui répondre :

— Peu importe. Ça ne fait rien.

Puis elle recula comme pour fermer la porte.

Il s'avança, et lut immédiatement la peur sur son visage.

— Je ne suis pas là pour vous faire du mal, lui dit-il d'une voix douce, mais j'aimerais savoir ce que vous vouliez dire. Il faut que je sache tout ce qui concerne le chien, de près ou de loin. J'essaie de le récupérer. Cette chienne a servi plusieurs années dans l'armée, et j'aimerais qu'elle ait une retraite digne de ce nom.

— Je comprends bien, mais je ne vois pas ce que je pourrais y faire. Je crois l'avoir vue quitter l'allée il y a plusieurs heures.

— Très bien, je vais aller vérifier. Je vais surveiller l'allée et voir si c'est ici qu'elle se nourrit. Ce que j'ai vraiment besoin de savoir, c'est ce que vous avez vu lors de l'accident.

— D'un coup, elle était là, répondit-elle en haussant les épaules.

Son fils fit un drôle de bruit et lui tapota la joue. Elle lui sourit, l'embrassa sur le bout du nez.

— C'était une situation particulièrement perturbante, expliqua-t-elle en reportant son attention sur Greyson. L'autre type m'a percutée avec son camion, puis il en est sorti et a commencé à me crier dessus. J'étais vraiment inquiète pour mon fils. Il pleurait, et, l'instant d'après, le chien était là.

— Avez-vous reconnu cet homme ?

Elle secoua la tête.

— Non.

Puis elle ouvrit la bouche et ajouta à la hâte :

— Il a dit que c'était un message de mon ex.

Il la regarda fixement, choqué.

— Quoi ?

Elle opina.

— Au début, je me suis demandé si je l'avais mal entendu. Le chien s'est interposé entre nous, et il a aboyé sur le type de manière menaçante. Il commençait à devenir méchant avec l'animal, mais le plus dangereux des deux, ce n'était pas lui. Il est remonté dans son camion et a filé. Et comme nous avions déjà bloqué la circulation un moment, j'ai grimpé dans ma voiture, et je suis rentrée directement à la maison. Le chien s'est enfui je ne sais où. Évidemment, j'étais assez bouleversée, et mon fils aussi, alors nous avons pris le reste de l'après-midi et nous sommes simplement restés à la maison.

— Voilà qui me semble la réponse idéale à une journée très difficile, approuva-t-il, alors qu'il tendait le doigt pour caresser doucement la joue du petit garçon. Ils sont tellement innocents et doux à cet âge, n'est-ce pas ?

— Effectivement. Quoi qu'il en soit, je ne vois pas comment je pourrais vous aider plus.

— Merci. Vous m'avez beaucoup aidé, la rassura-t-il avec un sourire. Avez-vous revu le chauffeur ?

Il la vit hésiter.

— Bon, alors à quel point votre ex est-il un ex ?

Elle grimaça.

— Je ne pensais pas qu'il y avait un problème. J'étais enceinte au moment de notre séparation, et il ne voulait pas entendre parler du bébé. Depuis, je n'ai plus jamais eu affaire à lui. Puis, d'un coup, cet accident est arrivé, et depuis, j'ai l'impression d'être observée en permanence.

Greyson n'apprécia pas du tout d'entendre cela.

— Est-ce que la chienne a traîné dans les parages ?

— Vous savez quoi ? Je crois bien que oui. Je me suis

inquiétée, parce qu'elle avait l'air vraiment dangereuse. Mais jamais elle ne m'a attaquée, et elle ne s'est pas non plus approchée de moi.

Il recula d'un pas pour essayer de lui donner un peu d'espace.

— Est-ce que cela vous dérangerait que je jette un œil dans votre jardin ? Dans tous les cas je vais inspecter l'allée, mais je voudrais voir si par hasard la chienne a pu se trouver aussi dans votre jardin.

Elle hésita.

Il hocha la tête, et lui dit :

— Vous avez raison de vous méfier. Je sais que je ne suis pas une menace, mais vous ne me connaissez absolument pas.

— Si nous sommes dans la maison avec les portes verrouillées, dit-elle, cela ne me dérange pas que vous inspectiez le jardin. En fait, ça m'arrangerait que vous le fassiez, parce que j'ai cette impression permanente d'être épiée, vous voyez ? Je ne sais pas. C'est peut-être le chien.

— C'est possible aussi, dit-il en balayant le quartier du regard. Quel est le chemin le plus court pour accéder à la ruelle ?

Elle hésita.

Il lui expliqua :

— Écoutez. Je ne demande pas à accéder tout de suite à votre jardin. Je ne veux pas que vous vous sentiez menacée, et surtout pas avec ce type qui vous cherche des ennuis. Il y a assez de folie dans ce monde, je ne veux pas que vous pensiez que je vais en rajouter.

Elle se contenta de lui sourire, mais il vit le soulagement dans son expression.

— Je crois que si vous passez par-là, il y a un trou entre les maisons, avec un chemin. La ruelle tourne et passe dans le quartier derrière nous.

Il se mit aussitôt en route dans cette direction, puis se retourna et lui dit :

— Je vais descendre par-là, et remonter par la ruelle. Alors si vous voyez quelqu'un regarder dans votre jardin, vous saurez qu'il ne s'agit que de moi.

Elle hocha la tête et sourit.

Il prit la direction du bas de la rue, et après avoir passé quelques maisons, il se retourna et vit qu'elle était toujours là à le regarder. Il lui fit un signe de la main, puis tourna au coin de la rue.

CHAPITRE 5

C'ETAIT SANS AUCUN doute un homme intéressant, mais elle n'était pas certaine de croire à son histoire. Mais elle avait vu la chienne de ses propres yeux. Et s'il la cherchait, elle voulait lui venir en aide. Elle est retournée à l'intérieur et, pendant que son fils jouait avec des cubes sur le sol, elle lança une recherche Google sur les Chiens de Guerre et le programme du même nom. Ce qu'elle lut lui fendit le cœur. Ces pauvres animaux. Songer que l'un d'entre eux pourrait être perdu ici, alors qu'il était censé rejoindre une famille pour passer sa retraite, lui brisait le cœur.

Danny jouait toujours tranquillement ; elle s'avança jusqu'à la porte-fenêtre et jeta un œil dehors. C'est alors qu'elle aperçut l'étranger. Quel était son nom déjà ?

Il lui semblait qu'il avait dit « Greyson », mais elle ne se rappelait pas son nom de famille.

Il leva une main et la salua par-dessus la clôture. Elle fit de même. Au moins, il n'avait pas menti en disant qu'il irait dans l'allée.

Elle le regarda disparaître, puis remonter l'allée et ensuite revenir quelques minutes plus tard, redescendant la ruelle.

À présent, elle se sentait idiote de ne pas lui faire confiance. Elle prit Danny, ouvrit la porte-fenêtre et s'avança jusqu'au portail donnant sur l'allée. Elle l'ouvrit.

— Bon, eh bien vous pourriez aussi bien entrer et jeter

un œil.

Il sourit et entra. Elle ne savait pas pourquoi il ne lui semblait pas menaçant. Surtout à une période où tant d'hommes semblaient la mettre mal à l'aise. Au contraire, elle ressentait une sorte de réconfort en sa présence. Ce qui lui paraissait suspect, mais c'était d'elle dont elle se méfiait, pas de lui.

Il fit le tour du jardin, inspectant les buissons en hochant la tête.

— Qu'est-ce que ça veut dire ?

— Ses poils se retrouvent sur les cèdres ici, dit-il en en tirant quelques-uns pour les lui montrer.

— Oh ! s'exclama-t-elle, je n'ai même pas songé à chercher ce genre de traces.

— Cela fait un moment que je la traque. Ce n'est pas si facile à voir quand la disparition remonte à si loin, mais ça, c'est récent.

— J'ai cru apercevoir un chien par ici, dit-elle, alors ça me paraît logique.

— Effectivement, dit-il en arpentant le jardin. Et vous savez qu'un chien comme ça peut sauter une clôture comme la vôtre sans problème, n'est-ce pas ?

Elle lui jeta un regard étonné.

— Ah oui ?

— Deux mètres sans élan, sans le moindre souci, répondit-il avec un sourire. Et Kona, dans le cas présent, est un sacré chien ! Bien dressée et obéissante, mais elle est devenue un peu sauvage sans toutes les règles et restrictions auxquelles elle est habituée dans son univers. Avant, chacun de ses moments d'éveil était occupé à faire quelque chose. Elle savait où dormir, quand dormir, et combien de temps elle pouvait dormir. Mais aujourd'hui, toute cette organisation militaire est partie en lambeaux et elle doit être effrayée.

— J'imagine.

— Écoutez, dit-il en sortant une autre carte de visite de Titanium Corp, au dos de laquelle il écrivit son numéro. Si vous la revoyez, même si vous n'êtes pas sûre que ce soit elle, appelez-moi.

Il hésita, puis ajouta :

— Je déteste l'idée que vous soyez seule ici, alors si vous avez l'impression que quelqu'un vous observe, et que vous en avez la confirmation, je vous en prie, appelez la police.

Comme elle s'attendait presque à ce qu'il lui demande de le contacter, lui, elle fut un peu déçue qu'il lui dise d'appeler la police.

— La police ne peut pas faire grand-chose, répondit-elle avec un haussement d'épaules. À moins qu'il ne vienne m'attaquer, que pourraient-ils faire ?

— Au moins, ils pourraient ouvrir un dossier et prévenir les gens qu'il est dans les parages. Parfois, il n'en faut pas plus à un prédateur pour arrêter de s'en prendre à vous, parce qu'il ne veut pas d'ennuis.

— Je ne sais pas.

— Si c'est lié à mon ex, ce qui n'a aucun sens à mes yeux… si c'est le cas, la quantité de problèmes potentiels n'y changerait rien.

— Si vous ne voulez pas contacter la police, au moins, appelez-moi, d'accord ?

Elle secoua la tête.

— Je ne sais pas. Vous me semblez presque aussi dangereux que l'homme que j'ai vu.

Il s'arrêta, lui jeta un regard surpris, et lui dit :

— Peut-être. Pour l'autre type, en tout cas. Mais jamais de ma vie, je n'ai fait de mal à une femme, et je n'ai pas l'intention de commencer.

Elle sourit, et pour une raison qu'elle ne voulait pas forcément s'avouer, elle le crut.

— Merci, dit-elle. J'apprécie.

Il hocha la tête.

— Je vais aller refaire un tour. Voir si je peux découvrir où la chienne se réfugie.

— Eh bien, dès qu'il fera nuit, elle sera probablement de retour ici pour fouiller dans les poubelles du voisin. Ce qu'il appelle déchets et recyclage, ce sont ses boîtes à pizza encore à moitié pleines de pizza. Il ne jette pas la pizza à la poubelle ni la boîte dans le recyclage. Il balance tout dans sa poubelle.

— Donc il se pourrait que la chienne traîne dans les parages parce qu'il y a une source de nourriture facile. C'est bon à savoir. Donc, si vous me voyez, dit-il avec un regard franc, sachez que je suis ici à la recherche de Kona. Ne paniquez pas.

Elle lui sourit et hocha la tête, puis attendit qu'il s'en aille dans la ruelle. Elle a fermement refermé le portail derrière lui et est rentrée dans la maison. Sa proposition, sa voix, ses explications avaient quelque chose de réconfortant, mais dans le même temps, elle était consciente que sa mère et sa sœur lui diraient de fuir dans la direction opposée. Elles penseraient que quiconque disant de s'attendre à le voir dans l'obscurité, mais de lui faire confiance ne pourrait être que source d'ennuis.

Et peut-être que c'était le cas, mais il avait quelque chose de très solide. Elle ne savait rien de lui, et, naturellement, le fait de connaître son prénom, mais d'avoir oublié son nom ne l'aidait pas non plus. Elle baissa les yeux sur le numéro de téléphone et le posa sur le comptoir de la cuisine en rentrant. Elle espérait ne jamais avoir de raison de l'appeler. Mais elle avait l'intuition que si elle devait le faire, ce serait avant de contacter la police. Qu'est-ce que cela disait d'elle ?

GREYSON SURVEILLA LA ruelle plusieurs soirs d'affilée. Il garait son véhicule au bout de l'allée et l'observait tranquillement, puis dormait quelques heures et se levait pour se promener. À quelques reprises, il eut recours à des sifflets qu'il était sûr que la chienne reconnaîtrait de l'armée. Il avait travaillé suffisamment avec des chiens militaires pour connaître un grand nombre d'ordres de base et de sifflets. Mais l'animal devait passer outre ce qui se passait dans sa tête depuis environ trois semaines pour le reconnaître et lui faire confiance. Et c'était dur aussi.

Pourtant, il voulait que la chienne soit calme et détendue. Pas terrifiée. La première nuit, il ne vit rien. La deuxième, il crut voir une ombre au bout de la ruelle où il était garé, avant qu'elle ne s'éloigne. La troisième nuit, quand il pensa voir l'ombre, il siffla. L'animal hésita, et il siffla à nouveau, donnant l'ordre à Kona de venir. La chienne s'approcha de lui, lentement, hésitante. Il s'accroupit et lui dit :

— Salut, Kona. Tu as passé un mauvais moment, hein, ma fille ?

La chienne baissait la tête en signe de méfiance, mais agita la queue une fois. Greyson tendit la main et lui dit :

— Tout va bien, ma belle. Ç'a été une période assez difficile, n'est-ce pas ?

La porte d'un voisin claqua d'un coup sec derrière lui, et Kona fit volte-face avant de repartir en courant. Mais Greyson avait progressé. Pas énormément, mais un peu. Et il savait à présent que c'était un lieu de passage habituel pour la chienne.

Il revint plus tôt le soir suivant, espérant profiter un peu plus de la lumière du jour.

Il s'approcha de l'arrière de la maison de la femme au petit garçon. Il s'était renseigné sur elle, et avait découvert qu'elle s'appelait Jessica et que Danny était son fils. Les voisins parlaient plutôt librement d'elle. Et bien que Badger n'ait pas trouvé de rapport de police sur l'accrochage, il avait trouvé tout ce dont Greyson avait besoin de la part du département des véhicules à moteur grâce à sa plaque d'immatriculation.

Son voisin était venu à quelques reprises avec des ordures et, quand Greyson lui avait expliqué qu'il essayait d'attraper le chien qui fouillait dans ses ordures, le gars s'était montré très amical.

— Oui, elle se sent seule aussi, dit-il en haussant les sourcils. Je continue d'essayer de me montrer amical, mais elle ne saisit pas l'illusion.

— J'imagine qu'elle se préoccupe plus de s'occuper de son fils pour le moment, répondit Greyson, comme s'il ne s'y intéressait pas.

— Ce que je veux dire, c'est qu'elle est sexy, et célibataire. Les mères célibataires comme ça sont bien mieux.

— Bien mieux ?

— Avec quelqu'un dans les parages pour leur faire passer un bon moment. Le moindre truc en plus, et elles veulent s'engager. Mais moi, je suis tout à fait partant pour simplement des visites nocturnes, dit-il avec un rire gras.

L'attitude de ce raté offensa Greyson et le mit en colère, mais il se demandait maintenant si elle se rendait compte qu'en tant que mère célibataire, une grande partie de la population masculine la considérait comme une cible facile. Quelle tristesse. Une mère comme elle méritait le respect, pas d'être maltraitée ou regardée comme une catin de bas étage.

Quand le voisin rentra chez lui, Greyson secoua la tête, plus déterminé que jamais à attraper le chien. Mais si l'animal prenait un peu des poubelles de ce type pour les éparpiller partout, il n'en serait pas plus contrarié que cela. Il était malade à la simple idée que des types s'en prennent à une femme seule comme Jessica.

Il avait garé son véhicule à l'autre bout du pâté de maisons, et arpentait tranquillement la ruelle. Il sifflait le chien de temps en temps. Sur le chemin du retour, alors que l'obscurité s'était installée et qu'il avait à nouveau traversé le jardin de Jessica, Greyson entendit un bruissement dans les arbres.

Immédiatement, il fit un pas en avant et regarda par-dessus le portail, s'attendant à trouver la chienne. À la place, il vit un homme rôder dans les arbres. Il scruta l'étranger, vêtu intégralement de noir, et qui portait une cagoule sur la tête. Ce n'était vraiment pas bon signe. Surtout avec les soirées chaudes et humides d'Hawaï.

Il passa le bras par-dessus le portail pour le déverrouiller, et l'ouvrit doucement. À ce moment-là, Jessica ouvrit la porte arrière et sortit. Elle chantait une berceuse à son fils, marchant sur le patio, complètement inconsciente de la présence de l'étranger qui se glissait sur le côté de la maison. D'où Greyson se tenait, il ne voyait que la silhouette de l'homme contre le patio.

Il referma rapidement le portail et se glissa le long de la clôture. Il ne voulait pas effrayer l'intrus : Greyson voulait le capturer. Sinon, ça ne finirait jamais. Si elle avait un harceleur, le seul moyen de l'arrêter était de l'attraper.

Sous ses yeux, elle marchait d'un pas tranquille en chantant, promenant son fils dans ses bras. De toute évidence, Danny n'avait pas envie de dormir ce soir. Alors qu'elle se rapprochait de l'endroit où se trouvait l'intrus, le cœur de Greyson bondit dans sa gorge. Il aurait voulu s'élancer et attraper le type, mais cela n'aurait pas marché. Cet intrus pourrait alors prendre Jessica et Danny en otage.

Quand elle revint du côté de Greyson, il lui fit un petit signe de la main, mais elle ne le vit pas. Au moment où elle opérait un demi-tour et se dirigeait vers l'autre côté de la véranda, l'inconnu arriva et la saisit. Elle cria, mais ce qui arriva ensuite était le contraire de ce que Greyson aurait imaginé.

Tandis que l'étranger essayait de l'attraper, un éclair noir apparut parmi les arbres au bout du chemin et sauta sur la véranda, se dirigeant droit vers lui pendant qu'il attrapait Jessica et Danny. Greyson entendit le chien grogner, puis l'homme crier lorsque Kona se cramponna à son poignet, se servant de l'entraînement militaire qu'elle avait appris.

Greyson arriva ensuite sur la véranda, empoignant Danny et Jessica. Elle était pétrifiée par la première attaque et stupéfaite par les agissements du chien et, maintenant, par la présence de Greyson. Elle leva les yeux vers lui, choquée.

— Tout va bien, murmura-t-il. Laissez-moi m'occuper de ça.

C'est à ce moment que Danny se mit à pleurer. Greyson lui fit signe de s'en aller.

— Emmenez-le au lit. Laissez-moi m'occuper du chien et de l'intrus.

— Qui est-ce ?

Il secoua la tête en regardant l'animal et l'étranger.

— Allez-y, lui commanda-t-il. Je vais le découvrir.

Quand il entendit la porte vitrée se fermer derrière lui, il s'approcha pendant que l'étranger essayait désespérément de donner un coup de pied à Kona pour s'enfuir.

Greyson s'approcha et asséna au type un coup de poing à la mâchoire. L'homme s'écroula au sol. Greyson enjamba l'intrus et s'accroupit plus près du chien en lui ordonnant :

— Kona, lâche.

Son ton était dur et ne laissait absolument aucune marge de manœuvre à la chienne pour protester. Mais elle grogna et le regarda fixement.

— Tu as raison, lui dit Greyson. Il attaquait cette femme et le bébé. Je sais ce que tu essayais de faire. C'est pour ça que tu traînes dans le quartier, n'est-ce pas, ma fille ?

Les oreilles de Kona se dressèrent et frémirent au son de sa voix. Elle ne relâcha pas l'agresseur pour autant.

Il dit : « Regarde », et souleva la tête de l'homme par les cheveux, la laissant tomber avec un lourd bruit sourd sur le sol du porche.

— Il est à terre, assommé, tout va bien. Kona, lâche. Elle se détendit très légèrement.

— Laisse-le partir, lui ordonna-t-il.

Cette fois, elle relâcha son emprise sur le bras de l'homme. Greyson retourna rapidement l'étranger, lui plaça les mains derrière le dos, lui retira ses chaussures et saisit les deux chaussettes qu'il noua ensemble, puis les enroula autour des poignets de l'intrus, le maintenant en place. Quand il releva les yeux sur la chienne, elle était couchée et gémissait. Il tendit une main pour qu'elle la renifle, puis lui gratta doucement le sommet de la tête, puis autour des oreilles.

— C'est une bonne fille, dit-il. C'est une très bonne fille.

Elle se mit à remuer la queue comme une folle.

Il leva les yeux vers les portes vitrées et aperçut Jessica

qui se tenait là, la main sur la bouche. Il lui fit signe de sortir.

Elle ouvrit la porte lentement.

— C'est sécurisé ?

— Oui, dit-il. Je ne sais pas qui est votre intrus, dit-il, mais Kona essayait de vous sauver, vous et le bébé.

Elle le fixa, ainsi que la chienne, et demanda :

— Sérieusement ?

— Oui. Je crois que c'est pour ça qu'elle traîne par ici. Elle vous a protégée, elle vous surveillait. C'est très probablement l'homme qui a heurté votre voiture ce jour-là.

Il sortit son téléphone portable, alluma la lampe de poche et, après avoir fait rouler l'étranger, il lui enleva la cagoule. Elle haleta.

— Oh, mon Dieu, c'est lui !

— Je pense que Kona savait que ce type traînait autour de chez vous, dit-il. C'est une héroïne, et elle a travaillé dur pour vous sauver ce soir.

Avant qu'il ne puisse réagir ou la prévenir que ce n'était pas prudent, elle s'accroupit, entoura Kona de ses bras et enfouit son visage dans la fourrure rugueuse du chien.

Greyson l'entendait chuchoter.

— Merci beaucoup, Kona. Merci, merci, merci.

La queue de Kona s'emballa, et elle se retourna, toujours dans les bras de Jessica.

En riant, il dit :

— Kona, tu n'as plus tellement l'air féroce maintenant !

Il tendit la main pour la gratter au cou et sur le poitrail. Il la frictionna aussi vigoureusement sur le ventre.

— Je crois que ces jours difficiles sont terminés maintenant, ma fille.

— Sans le moindre doute, confirma Jessica. Je n'ai pas de nourriture pour chien, mais je suis sûre que j'ai quelque chose à la maison.

— Ce que vous devez faire, c'est appeler la police.

— Et Kona ? demanda-t-elle. Je ne veux pas que la chienne soit emmenée.

— Avez-vous de la corde ? Je vais lui faire une longe.

— J'ai peut-être quelque chose dans le garage.

— D'abord les flics, dit-il fermement. Ensuite vous irez au garage et verrez si nous avons quelque chose dont je pourrais me servir pour l'entraver.

— Vous pensez qu'elle est toujours dangereuse ?

— Non, mais si elle se comporte bien au bout d'une corde, la police ne pourra pas m'empêcher de la garder.

CHAPITRE 6

JESSICA SCRUTA L'OBSCURITE autour de la maison, puis baissa de nouveau les yeux sur l'intrus.

— Je suppose qu'il refuse de parler ? chuchota-t-elle.

Elle ne savait même pas pourquoi elle chuchotait, mais elle avait l'impression que tout ce qui dépasserait le simple murmure perturberait la paix. Elle éclata d'un rire un peu maniaque.

— Mon Dieu, dit-elle, je fais attention de ne pas faire de bruit, alors qu'il faut que je fasse venir la police pour embarquer cette ordure.

— Faites donc ça, lui dit gentiment Greyson.

Sous les yeux de Jessica, il sortit le portefeuille de l'intrus.

Elle fronça les sourcils.

— Qu'est-ce que vous faites ?

— Une fois que les flics seront là, ils ne nous diront rien. Je veux savoir qui est ce type.

Il fouilla le portefeuille jusqu'au permis de conduire qu'il sortit, ainsi que plusieurs cartes de crédit, et a pris des photos.

— Pourquoi les cartes de crédit ?

Elle détestait ce ton soupçonneux dans sa voix, mais elle ne voyait pas pourquoi il avait besoin de photos de celles-ci.

— Parce que, regardez, elles sont toutes à des noms différents, expliqua-t-il tranquillement.

À ces paroles, elle hoqueta et se pencha plus près. Évidemment.

— Il les a volées ?

— C'est possible, à moins qu'il n'utilise de fausses cartes d'identité.

Il fouilla le portefeuille et retrouva de l'argent liquide, plusieurs centaines de dollars, ce qui était bien plus d'argent qu'elle n'en avait vu depuis longtemps. Après avoir vérifié qu'il n'y avait rien d'intéressant, Greyson remit le portefeuille dans la poche du type, puis entreprit de l'examiner. Dans une poche avant, il retrouva son téléphone portable.

Elle vit un sourire presque féroce apparaître sur son visage devant cette découverte. Elle s'accroupit près de lui.

— Il va vous falloir un mot de passe.

Il hocha la tête.

— C'est le cas la plupart du temps.

Mais il tapota deux fois l'écran et, comme il s'y attendait, les icônes apparurent.

Elle hoqueta encore.

— Sérieusement ?

Il hocha la tête, la regarda et demanda :

— Vous avez appelé la police ?

Elle hésita, elle ne voulait pas le laisser seul avec le téléphone et passer à côté de quelque chose.

— Je vais appeler dans une minute, dit-elle.

Il gloussa.

— Vous faites un super acolyte.

— Ce n'est pas exactement ce que j'attendais de la vie, dit-elle ironiquement.

Il hocha la tête et sourit.

— Vous pourriez faire beaucoup mieux.

— Ça, je n'en sais rien. Jusqu'à présent, vous et le chien avez fait équipe pour sauver la vie de mon fils et la mienne. Et en parlant de ça, dit-elle en voyant la chienne allongée sur l'herbe près d'eux, je ne suis pas allée chercher la corde.

Elle se rendit rapidement au garage et y prit une corde tressée. Pendant ce temps, elle passa un appel au 9-1-1, puis revint près de la scène qui se déroulait dehors.

— C'est tout ce que j'ai, dit-elle doucement, et elle déposa la corde à côté de lui.

Greyson leva la tête après avoir photographié l'écran de téléphone du type. Ensuite, il relia les deux téléphones avec un câble.

Elle fronça les sourcils et lui demanda :

— Qu'est-ce que vous faites ?

— Je transfère les informations de contact, dit-il à peine plus haut qu'un murmure.

Puis il prit la corde tressée et fit rapidement une boucle à une extrémité. Il s'approcha de la chienne, s'assit, et, avec la boucle au-dessus de son épaule, il tendit la main pour gratter doucement le chien à l'arrière du cou. D'un geste souple qu'elle n'avait jamais vu auparavant, il fit descendre la boucle le long de son bras et très rapidement autour du cou du chien. Maintenant que la chienne était tenue en laisse, elle semblait comprendre et se comportait davantage comme un chien de guerre, selon Jessica.

La chienne marcha vers eux quand Greyson se releva et lui ordonna de venir. Quand il lui dit de venir au pied, elle fit le tour de son dos et s'assit à sa droite. Greyson se pencha et administra à Kona plusieurs gratouilles gratifiantes et des encouragements.

Jessica secoua la tête.

— Je suis vraiment contente que vous l'ayez récupérée.

Au loin, elle entendit des sirènes, et gémit.

— Oh, oui. J'ai oublié de vous dire. J'ai fini par appeler la police.

Revenant à l'endroit où se trouvaient les téléphones, l'homme émit un petit bruit satisfait et les déconnecta rapidement. Il remit le téléphone du type dans sa poche, puis s'assit sur la marche du porche à côté du harceleur tout en envoyant les contacts à Badger pour qu'il les examine.

Quand l'agresseur revint à lui, étendu entre Greyson et Kona, il sut qu'il était fichu. Ce dernier entendit les sirènes, et paniqua.

— Si vous me laissez partir, je vous paierai, siffla-t-il avant de se taire.

— J'en suis persuadée, dit-elle d'un ton sec, mais vous nous harcelez, mon fils et moi, et vous faites de notre vie un enfer depuis un bon moment maintenant.

Il haussa les épaules.

— Il y avait de l'argent à se faire.

— Ah oui ? Qui vous paie ? C'est ce que je veux savoir.

Il lui fit un petit sourire. Et, compte tenu de la position dans laquelle il se trouvait, face contre terre sur le porche en bois, c'était plutôt une bonne caricature d'un vrai sourire.

Quand la police arriva, elle se dirigea vers la porte d'entrée. La victime ressortit sur le porche avec deux policiers. Ils observèrent la scène. L'un d'eux repoussa son chapeau et dit :

— Eh bien, eh bien, eh bien. Il y a eu des rumeurs au sujet de quelqu'un qui rôdait dans cette zone.

— Ce sont plus que des rumeurs, dit Greyson. Nous l'avons surpris alors qu'il essayait d'attaquer Jessica sur son porche, avec son fils dans les bras.

Greyson pointa Kona du doigt.

— Kona ici présente l'a arrêté.

— Nous allons devoir prendre vos dépositions à tous les deux, dit le policier, mais d'abord, je vais mettre ce type dans la voiture.

Il l'aida à se relever, puis le fit passer sur le côté de la maison.

Le second policier sortit son bloc-notes et commença à poser des questions pendant qu'il prenait des notes.

Il n'y avait pas grand-chose à dire, et elle remarqua que Greyson donnait des explications très simples. Il ne dit pas que la chienne était venue de son propre chef, alors elle suivit son exemple, disant qu'elle avait eu l'impression d'être observée à plusieurs reprises. Elle en avait parlé à sa mère et à sa sœur, mais n'avait pas appelé la police, car elle ne savait pas quoi leur dire.

— Nous sommes dans le meilleur des scénarios. Vous avez attrapé votre harceleur que nous allons emmener au poste et inculper. Il faudra que vous veniez signer vos dépositions demain.

— Pas de problème. Je peux venir dans la matinée, si cela vous convient.

— Ça me paraît bien, dit l'officier, et il fit le tour de la maison en direction du jardin avant.

Elle se retourna vers Greyson, soudain soulagée.

— Ça s'est mieux passé que je le pensais.

— Parfois, quand on se contente de donner un minimum d'informations, les choses se passent mieux.

Il fronça les sourcils, puis pencha sa tête sur le côté.

— Qu'est-ce qui se passe ?

Elle n'entendait rien. Elle regarda Greyson et Kona marcher vers le côté de la maison, tendant l'oreille. Finalement, il la regarda et dit :

— Ils ne sont pas partis.

Lui et la chienne s'avancèrent encore.

Greyson ajouta :

— Je vais aller devant.

Jessica rentra, referma les portes vitrées et les verrouilla. Puis elle fila voir par la fenêtre de devant. Effectivement, la voiture de police était toujours dans son jardin. Lorsqu'elle franchit la porte d'entrée, Greyson et Kona arrivèrent, et elle vit le pelage de la chienne se hérisser immédiatement, tandis qu'un grognement sortait du fond de sa gorge. Jessica contourna le porche d'entrée et vit un flic allongé inconscient dans l'allée et, de l'autre côté, là où se trouvait Greyson, l'autre flic était étendu. Mais le type de son jardin était introuvable.

Elle fixa Greyson avec horreur tandis qu'il s'agenouillait à côté du premier, puis du second policier, vérifiant l'état des deux hommes.

Le visage sombre, il sortit son téléphone et passa des appels. Kona ne se calmait pas. Sa nuque était dressée, et elle faisait les cent pas aussi loin que la corde le lui permettait.

— On dirait presque qu'elle sait où il est allé, souleva Jessica.

— C'est bien possible que ce soit un chien pisteur. Je n'ai pas particulièrement étudié ses compétences, mais je ne vous laisserai pas seule avec deux policiers inconscients et un harceleur en liberté.

— Je crois que c'est bien plus qu'un simple harceleur. Il a agressé et assommé deux policiers avant de s'enfuir. Il devrait remonter en tête de la liste de leurs priorités.

— Avec un peu de chance, approuva-t-il avec un signe de tête. Attendons ici le prochain équipage de policiers, et l'ambulance.

Elle grimaça.

— Et en attendant, lui s'enfuit, dit-elle avec amertume. Ce qui signifie qu'il peut revenir à la maison à tout moment.

— Espérons que les flics décideront de laisser quelqu'un monter la garde pour vous.

— C'est un petit commissariat, dit-elle, et je sais qu'ils ont des soucis de budget. Ils ont réclamé deux agents de plus, mais je ne pense pas qu'ils les aient obtenus.

Il grimaça.

— D'accord. Alors on dirait bien que Kona et moi allons monter la garde.

Elle le regarda fixement, choquée.

— Vous feriez ça ?

— Eh bien, comme vous l'avez dit, ce malfrat peut revenir, et je n'aurais pas la conscience tranquille de vous laisser gérer ça toute seule. Ce serait mieux si je pouvais commencer à le traquer tout de suite.

C'est alors qu'ils entendirent des sirènes. Cette fois, deux voitures de police arrivèrent avec une ambulance. Tout le monde se précipita vers eux et, en quelques minutes, les deux flics inconscients furent examinés, embarqués et emportés dans l'ambulance.

Deux flics très en colère les regardaient avec sévérité. Greyson tendit la main pour prendre celle de Jessica, et la rapprocha, lui murmurant :

— Laissez-moi expliquer.

Il donna ensuite à la police une version très claire, bien que minimaliste, de ce qui s'était passé. Il expliqua que le deuxième policier s'était dirigé vers l'allée, mais que, n'entendant pas le bruit du véhicule, il était allé vérifier, et avait trouvé les deux agents inconscients. Elle hocha la tête en signe d'accord.

— Donc, vous n'avez aucune idée de la direction prise par l'assaillant ?

— Non, pas du tout. La chienne était assez contrariée.

Le policier baissa les yeux sur la chienne et demanda :

— Est-ce qu'il a des compétences en pistage ?

— J'ai très envie de tester, affirma Greyson. Mais je n'en ai aucune idée.

— Laissez tomber, dit l'un des autres flics. Il faut qu'on le suive à pied, et j'ai déjà appelé une unité K9.

— Bien.

Les autres hommes se dispersèrent pour quadriller le quartier.

Elle fronça les sourcils, regarda Greyson.

— Ils ont laissé la voiture de police ici aussi.

— La police scientifique va sûrement venir, assura-t-il.

— Elle bloque la sortie de votre voiture, n'est-ce pas ?

— Oui, juste le jour où je la rentre dans le garage… dit-elle avec un sourire triste.

— Ce n'est pas un problème, lui dit-il.

Il jeta un œil à la maison, et lui dit :

— Allez voir si Danny va bien, d'accord ?

Sa mère se précipita vers la porte d'entrée. Elle était allée le voir tout à l'heure, mais, sachant que ce fichu harceleur était à nouveau en liberté, elle ne pouvait pas baisser sa garde, c'était certain. Elle poussa un petit cri de soulagement quand elle vit Danny toujours dans son lit. Elle s'approcha, s'assit près de lui, et le toucha de sa main tremblante.

— Mon Dieu, murmura-t-elle, il faut que ce cauchemar cesse.

Entendant des pas dans les escaliers, elle se retourna et vit Greyson debout dans l'embrasure de la porte, la main sur la poitrine et les yeux fermés.

— Dieu merci, chuchota-t-il. Ça m'a inquiété de ne pas vous voir revenir.

Elle comprit alors qu'il avait cru que quelque chose était arrivé à son fils, ou à eux deux. Tout ça, c'était trop. Elle ne put se retenir : elle se leva et fonça vers lui. Il ouvrit les bras et elle s'y jeta. Jamais elle ne s'était sentie plus reconnaissante que lorsqu'il les referma sur elle, la mettant en sécurité.

— Ç'A ETE une sacrée nuit, dit Greyson en la serrant fort.

— Je suis désolée, dit Jessica. Je ne sais pas ce qui m'a pris.

Elle essaya de s'écarter, mais il la retint doucement et la serra de nouveau.

— Détends-toi, lui dit-il, passant naturellement au tutoiement. Tu as subi plusieurs chocs successifs, et si toi tu n'as pas besoin d'un moment, moi, si.

Elle se mit à rire, et Greyson lui sourit. Il baissa les yeux vers la chienne qui était assise dans un coin.

Kona renifla, se leva, et s'avança vers le lit. Greyson regarda Jessica et demanda :

— Est-ce que Kona peut aller voir le petit ?

— Si tu penses que ça ne craint rien.

— J'ai comme dans l'idée que c'est ton garçon qui a amené Kona dans ta vie, et qui l'a gardée ici.

Il laissa la chienne s'approcher. Elle renifla longuement le garçon endormi, mais, apparemment satisfaite que Danny aille bien, elle s'assit, se retourna pour regarder Greyson, puis se coucha lentement.

— Oh là, là. Qu'est-ce qu'elle veut ?

— D'après ce que je vois, monter la garde. Même si c'est

une bonne idée, je ne suis pas encore prêt à la laisser faire.

— Je ne suis pas certaine non plus que ce soit une bonne idée.

Il tira sur la corde et rappela la chienne à lui. Kona se leva et avança vers eux de bon gré. Ils refermèrent la porte presque entièrement, et descendirent à la cuisine.

— La voiture de police est toujours là.

— Dès qu'ils seront partis, je partirai à la recherche de ton harceleur.

— Il ne sera pas trop tard ?

Greyson haussa les épaules.

— Le plus tôt sera le mieux. Mais je ne veux pas attirer l'attention des flics ni me faire étiqueter comme le gars qui interfère dans leur traque.

Elle grimaça.

— Ils devraient s'estimer heureux de recevoir de l'aide.

— C'est peut-être le cas, mais ils ne me connaissent pas. Et n'oublie pas. Quelqu'un a attaqué deux flics, et nous étions les seuls ici, lui rappela-t-il. Ils vont nous regarder de travers pendant un moment.

— Je n'ai rien fait ! s'exclama-t-elle.

Il la regarda se diriger vers la bouilloire, qu'elle remplit avant de la mettre à chauffer.

— Je peux faire du café si tu préfères.

— Le thé m'ira très bien. Il est presque cinq heures du matin. Heureusement que j'ai prévenu mes grands-parents que je ne rentrerais pas hier soir.

Choquée, elle le regarda, puis consulta l'horloge sur le four.

— Oh, merde. La journée va être compliquée, entre Danny qui aura beaucoup dormi, et moi pas du tout, dit-elle d'un ton ironique.

— La plupart du temps, les tout-petits sont compliqués à gérer, dit-il en riant. Mais quand on n'a pas dormi, j'imagine que c'est bien pire.

— Est-ce que tu as des enfants ? lui demanda-t-elle franchement, ce qui plut à Greyson.

— Non, dit-il. Je n'ai jamais été marié, je n'ai jamais eu de famille, mais j'ai des tas d'amis qui ont des enfants.

— Eh bien, je suppose que ma prochaine réplique, ce sera de te demander ce qui cloche chez toi ? le taquina-t-elle.

— Tu veux dire que tous les bons gars sont mariés ? répondit-il, savourant leurs plaisanteries.

— Effectivement. La plupart des mecs que je rencontre ces derniers temps sont divorcés.

— C'est parce que de nos jours, le divorce est très répandu.

Il s'approcha avec la chienne et lui demanda :

— Aurais-tu un bol dans lequel je pourrais lui mettre de l'eau ?

— Oh, j'aurais dû y penser !

Elle sortit un grand saladier à fond plat de son placard, puis le remplit d'eau et le posa par terre sur le côté.

Kona but lentement, puis jeta un œil autour d'elle.

— Je crois qu'elle cherche de la nourriture, remarqua Jessica.

— Désolé, Kona. Je doute qu'il y ait de la nourriture pour chien ici.

— Il n'y en a pas, dit-elle. Mais j'ai du jambon et du fromage.

— Ce n'est pas exactement le genre de nourriture auquel il faudrait qu'elle s'habitue, fit-il remarquer avec un sourire, mais je suis certain que Kona le mérite après la dure matinée qu'elle a eue.

— Effectivement.

En même temps qu'elle parlait, Jessica sortait déjà un morceau de jambon fait maison.

Il le regarda et en eut l'eau à la bouche.

— Tu l'as fait toi-même ?

Elle acquiesça d'un signe de tête.

— J'aime cuisiner. Avec un jambon comme celui-ci, j'ai pas mal de restes. Ça me permet de donner à Danny de quoi manger avec ses doigts, et c'est plutôt économique quand c'est en promo.

— Je suis sûr que Kona ne verra aucun inconvénient à manger ces beaux morceaux bien gras.

— Si tu veux lui couper des morceaux sur l'os, je vais m'occuper du fromage.

Il se leva, s'approcha et lâcha la laisse, laissant Kona libre de se promener, lui donnant juste assez de corde pour voir ce qu'elle ferait. Il prit le petit couteau d'office et nettoya l'os comme il le put.

— Tu fais de la soupe avec ça ?

— Nous en avons eu assez souvent ces derniers temps, alors je vais probablement le congeler pour l'instant et faire une soupe plus tard.

— Ça marche aussi, dit-il joyeusement.

Il l'ensacha pour elle et coupa le reste du jambon, séparant les meilleures tranches pour elle et Danny de certains morceaux gras pour le chien.

Kona s'était installée à ses pieds et le regardait fixement, observant chaque mouvement de sa main lorsqu'il maniait le petit couteau.

Jessica coupa quelques morceaux de fromage en petits morceaux, et Greyson les mélangea avec le jambon, puis il les mit dans un petit bol qu'il déposa à terre pour Kona.

— C'est bon, tu peux manger.

Elle baissa aussitôt la tête et attaqua le fromage et le jambon.

— Elle a d'excellentes manières, dit Jessica avec surprise.

— Tous les chiens de guerre sont très bien entraînés.

— Ce monde doit être sacrément différent pour elle, dit-elle d'un air triste. On pourrait croire qu'un chien qui revient d'un service militaire dans un pays déchiré par la guerre devrait avoir gagné le droit de se reposer, et non pas rester assis ici à essayer de sauver une mère et son fils d'un harceleur.

— Et pourtant, c'est une bonne chose qu'elle l'ait fait, répondit Greyson. Je ne suis toujours pas persuadé qu'il soit parti bien loin.

— C'est très déconcertant.

À cet instant, quelqu'un frappa à la porte. Kona grogna et releva la tête de son bol vide. Greyson prit la laisse et s'avança jusqu'à la porte d'entrée. C'était l'un des policiers.

— Il faudrait que nous entrions pour vous poser d'autres questions, annonça-t-il.

— Entrez donc, dit-il. Nous prenons une tasse de thé.

En passant, il récupéra le bol vide de Kona, le déposa dans l'évier et le remplit d'eau.

Jessica était en train de nettoyer la cuisine. Elle se tourna vers le policier.

— Vous l'avez trouvé ? l'interrogea-t-elle.

— Pas encore. Nous essayons encore de faire venir une unité K9.

— Comme je vous l'ai dit, je suis prêt à tenter le coup, confirma Greyson. C'est Kona, un chien de guerre. Elle est très bien entraînée.

Quand il entendit *chien de guerre*, le policier regarda Kona d'un air surpris.

— Je ne connais pas grand-chose de ce programme.

— Eh bien, les chiens ont des spécialités différentes, fit savoir Greyson, mais ils bénéficient tous d'un entraînement extrêmement poussé et sont très obéissants. Elle a certainement pensé avoir repéré l'odeur de l'agresseur tout à l'heure.

Le policier hésita :

— Cela ne pourra pas faire de mal.

— Non, effectivement, confirma-t-il avant de sortir sur le porche arrière et d'ajouter, il faut qu'elle retrouve son odeur.

Il aperçut la cagoule qu'il avait arrachée de la tête du bandit et la récupéra pour la fourrer sous la truffe de Kona :

— Allons le retrouver.

La chienne se mit immédiatement à aboyer. Elle voulait rentrer dans la maison et sortir par l'avant. Greyson jeta un œil au policier et lui dit :

— Je pars à sa recherche, mais Jessica et son fils ont besoin de protection, au cas où cet enfoiré reviendrait par le jardin.

— Je serai là, et je préviens mes collègues que vous sortez.

— Bien. Souhaitez-nous bonne chance.

Sur ces mots, il sortit par la porte d'entrée et s'engagea dans la rue. Il fit de son mieux pour suivre Kona qui tirait sur la corde. Il avait laissé un simple nœud coulant autour de son cou, qui l'étoufferait si elle continuait à tirer, alors il essaya de garder le rythme. Oui, elle était en mission, et n'avait pas l'intention de laisser tomber de sitôt.

CHAPITRE 7

APRES SA PREMIERE tasse de thé, Jessica fit les cent pas.

— Combien de temps pensez-vous que cela va lui prendre ?

— Eh bien, l'harceleur avait une bonne longueur d'avance, admit le policier, alors je ne sais pas. Cela pourrait prendre des heures.

Elle lui jeta un regard noir.

— Vous auriez dû le laisser partir dès le début.

— Je ne devrais pas du tout le laisser y aller, la corrigea le policier. C'est un civil, et il n'est pas formé. Je n'ai pas non plus la permission de mon patron.

— Pourtant, s'il trouve le type, c'est vous qui recevrez les éloges, et s'il ne le trouve pas, vous aurez une tape sur la main.

— Tout à fait possible, oui. Mais je préférerais attraper cette ordure, dit-il en regardant par la fenêtre de devant. N'oubliez pas : deux de mes amis ont été attaqués aussi.

— Que faites-vous de leur véhicule ? rappela la jeune femme. Ma voiture est dans le garage, et votre voiture de patrouille m'empêche de la sortir.

— La police scientifique travaille dessus en ce moment. Ils sont arrivés il y a environ cinq minutes.

Elle le regarda, surprise, et avança dans la salle à manger pour regarder par la fenêtre. Effectivement, des gens examinaient le véhicule.

— Je suis surprise qu'ils ne la remorquent pas simplement au poste.

— Ils vont le faire. Ils veulent d'abord s'assurer qu'il ne s'y trouve rien d'intéressant.

— Je peux vous dire que vous devriez également chercher le camion de ce gars, l'informa-t-elle en fronçant les sourcils.

Elle avait fait de son mieux pour oublier tous ces désagréments.

— Je ne me souviens pas de grand-chose, seulement que la plaque d'immatriculation se terminait par *N*.

— Quand avez-vous vu son véhicule ?

Elle lui raconta l'accrochage et les menaces proférées à son encontre.

Il siffla.

— Avez-vous eu des contacts avec votre ex ?

— Aucun, en dehors des communications concernant le divorce, par le biais de nos avocats. Pas jusqu'à cet accrochage, depuis lors, j'ai reçu un million d'appels inconnus sur mon téléphone. La personne ne dit rien, puis elle raccroche. Je l'ai accusée d'être George J'ai entendu un hoquet de surprise, mais il ou elle n'a rien reconnu.

— Bien sûr que non. Il est peu probable qu'elle soit prête à révéler son identité, n'est-ce pas ?

— J'aimerais bien qu'elle le fasse. Tout ce bazar affecte Danny, et ça m'énerve.

— Vous pensez que c'est une histoire de garde ?

— Quand j'étais enceinte, George ne voulait rien avoir à faire avec mon fils. Il voulait rompre pour ne pas être redevable de la pension alimentaire. En fait, il aurait préféré que j'avorte : cela allait contre sa volonté de garder mon fils en vie.

— Et c'est comme ça que ça s'est passé ?

— Nous n'avons jamais parlé d'avortement, dit-elle, et ma grossesse était parfaitement viable. J'étais en bonne santé, et nous étions mariés depuis plus d'un an à ce moment-là. Il n'y avait absolument aucune raison d'avorter, et c'est une chose que je ne ferai jamais.

— C'est pourquoi vous avez rompu. Vous en étiez à quel terme ?

— Il est parti environ une semaine après avoir appris que j'étais enceinte, dit-elle. Je ne lui ai pas dit avant plusieurs semaines parce que je voulais être sûre, donc j'en étais à la quatorzième quand je lui ai dit.

— Et il était parti à la quinzième ?

Elle opina.

— À l'époque, je me suis dit qu'il avait sûrement trouvé un prétexte pour partir, parce que nous n'avions pas été terriblement heureux l'année précédente. D'une certaine manière, je pensais que l'enfant pourrait améliorer les choses.

— J'entends ça souvent.

— Mais je n'ai pas fait ça, je n'ai pas voulu le piéger avec la grossesse, expliqua-t-elle. J'étais sous contraception, mais j'ai toujours eu des problèmes pour réguler mon cycle.

Il continuait de prendre des notes, hochant la tête de temps à autre.

— Où travaille votre ex ?

— Il a sa propre entreprise de fournitures médicales, dit-elle, et il voyage beaucoup.

— Il s'est peut-être dit que cela aurait un impact sur son style de vie.

— Je crois qu'il s'est surtout dit que cela aurait un gros impact sur son compte en banque !

— Et combien paie-t-il pour la pension alimentaire aujourd'hui ?

— Il ne paie pas. Je ne voulais que mon fils, alors c'est ainsi que nous nous sommes arrangés au moment de la séparation. Je prendrais mon fils, et il serait libre.

Le policier s'interrompit et la regarda fixement.

— La plupart des tribunaux vous auraient accordé une pension alimentaire, dit-il. Et cela n'a aucun sens que votre ex-mari revienne maintenant. Ce serait assez facile de le coincer pour la pension alimentaire.

— En théorie, mais, étant donné qu'il a déjà engagé un harceleur, et que j'ai été attaquée sous mon porche, en plus d'avoir eu un accident de voiture, je commence à me demander si George n'espère pas simplement m'éliminer de l'équation. De cette façon, il n'aurait pas à payer de pension alimentaire du tout. En plus, il aurait la garde exclusive de son fils. Qu'il a décidé de vouloir finalement, il y a environ trois mois.

— Vous le croyez capable de vous tuer ?

— Je ne sais pas, dit-elle, tendant les mains de manière défensive. L'homme que je pensais connaître ne serait pas parti parce que j'étais enceinte.

— Vous croyez celui qui a dit que c'était un avertissement de votre ex-mari ?

— Je ne sais pas quoi croire, répondit-elle, déconcertée. De toute manière, je n'ai pas compris cette histoire d'avertissement. Ce n'est pas comme si j'avais demandé une pension alimentaire ou quoi que ce soit d'autre, il n'est donc pas logique que ce conflit s'envenime maintenant.

— À moins qu'il n'ait eu une idée derrière la tête et qu'il ait voulu s'assurer de votre coopération.

— Peut-être parce que tout à coup, George veut Danny ? Ce sont nos avocats qui gèrent notre divorce. Depuis que nous sommes séparés, je n'ai jamais eu de nouvelles de George. Et je n'en ai vraiment pas envie. Danny et moi sommes parfaitement heureux sans lui.

— Vous êtes séparés depuis environ deux ans ?

— Oui, confirma-t-elle, et rien, pas un mot. Je n'ai jamais eu de nouvelles de lui, en dehors de l'intermédiaire des avocats du divorce. Jusqu'à il y a trois semaines, quand ce harceleur a percuté ma voiture.

— Et ça, c'est seulement si l'accident avait quelque chose à voir avec George au départ. Pour ce que j'en sais, ce pourrait être un cinglé qui terrorise les femmes célibataires.

— Et ce pourrait être vrai aussi.

Le flic se leva et lui dit :

— Je vais aller dehors voir où ils en sont.

Elle le suivit et le regarda se diriger vers la porte d'entrée. Alors qu'il sortait et refermait la porte, elle fit le tour et s'assura que tout était verrouillé. Jusqu'à présent, tout allait bien.

Le policier revint à l'intérieur.

— Une dépanneuse est arrivée, ils vont remorquer le véhicule de patrouille. Je vais parler à la police scientifique et voir s'ils ont trouvé quelque chose.

Elle hocha la tête et se tint dans l'embrasure de la porte d'entrée. Il était presque six heures du matin. Danny se réveillait généralement entre six heures trente et sept heures. À ce rythme-là, la journée promettait d'être longue. Elle regarda la voiture de police enlevée par la dépanneuse. L'équipe de police scientifique s'entassa dans son van et repartit, et le policier revint à l'intérieur.

— Est-ce que vous avez des nouvelles de Greyson ?

Elle sortit son téléphone et secoua la tête.

Il prit son temps pour lui demander :

— Quel type de relation entretenez-vous avec lui ?

— Amis, dit-elle brièvement, s'en tenant à la règle de Greyson de ne pas en dire trop. Et j'en suis très reconnaissante en ce moment parce que, sans lui et Kona, je pense que le scénario d'hier soir aurait connu une fin complètement différente.

— Il faut que je retourne au travail. Je ne peux pas rester là.

— Mais nous ne savons pas où se trouve le harceleur.

— Et c'est pourquoi je vous dirais d'aller à l'intérieur et de verrouiller toutes les portes. Je vais demander à quelqu'un de passer vous voir d'ici quelques heures.

Stupéfaite, elle le regarda s'éloigner. D'ici quelques heures, il pourrait facilement être trop tard. Elle tenta de protester et de demander une protection.

Il lui fit un signe de la main et répondit :

— Nous n'avons pas le budget pour ça. Je vais en parler à mon superviseur, mais je ne peux rien faire de plus.

Il grimpa dans son véhicule et descendit son allée jusqu'à la route.

Jessica sortit son téléphone et envoya un message à Greyson :

Tu as eu de la chance. Je suis seule maintenant. Le flic est parti.

Au lieu de lui renvoyer un message à son tour, il lui téléphona.

— Il t'a laissée ?

— Oui, dit-elle. Où es-tu ?

— Nous arrivons par la ruelle, nous sommes toujours en train de le traquer.

Il lui fallut quelques secondes pour comprendre.

—Oh, mon Dieu. Tu veux dire qu'il est revenu jusqu'ici ?

—Exactement, dit Greyson d'une voix sinistre. Alors je t'en prie, reste en sécurité. Je ne suis qu'à quelques minutes d'ici.

GREYSON OUVRIT RAPIDEMENT le portail du jardin et, tout à coup, les oreilles de Kona se dressèrent et elle grogna, tirant fortement sur la corde et l'entraînant vers le porche arrière. Elle ignora tous les ordres qu'il lui donna. Elle était en mission, et il ne pouvait rien faire de plus qu'essayer de rester près d'elle. Elle courut jusqu'à la porte et aboya sur la vitre. Il ouvrit rapidement la porte-fenêtre et vit Jessica qui sursauta et lui jeta un regard surpris.

—Il y a un problème. Tu as vérifié comment va Danny ?

Elle lui jeta un regard effaré et se précipita dans les escaliers. Greyson et Kona étaient derrière elle. Quand elle entra dans la chambre, elle se mit à crier, et il sut. Il lâcha la corde de Kona et elle sauta sur le lit de Danny en aboyant.

Elle se mit à chercher, fila au bas des escaliers et se mit à griffer la porte du garage. Greyson reprit la laisse, ouvrit la porte et entra. La porte du garage avait été ouverte avec la télécommande, et sa voiture avait disparu. Il se tint devant l'allée vide qu'il contempla. Kona était à la porte, reniflant en faisant les cent pas, cherchant bien, mais la piste s'arrêtait à la voiture. Greyson se retourna vers une Jessica tremblante qui criait d'une voix étouffée.

—C'est quoi, ta plaque d'immatriculation ? demanda-t-il.

Elle secoua la tête.

Il s'approcha d'elle, la prit par les épaules et la secoua sans ménagement.

— Ce n'est pas le moment de craquer, Danny ne doit pas être très loin. C'est quoi, ta plaque d'immatriculation ? répéta-t-il.

Elle la balbutia et il appela rapidement Badger pour le mettre au courant de la situation. Il lui donna le numéro de la plaque, puis appela la police. Une fois fait, il lui dit :

— Je vais chercher mon véhicule, et j'emmène la chienne avec moi.

— Je viens avec toi, dit-elle.

— Prépare-toi. Je vais chercher mon camion et je te retrouve devant dans deux minutes.

Il sortit par la porte arrière, Kona à ses côtés. Ils coururent à travers le jardin et tournèrent dans la ruelle. Il grimpa dans le petit camion de son grand-père et installa Kona dans le siège de la cabine allongée. Il sortit de la ruelle et remonta le pâté de maisons. Quand il arriva devant chez elle, elle l'attendait impatiemment. Il déverrouilla la portière, qu'elle ouvrit pour grimper à la hâte.

— Personne ne m'a encore appelé pour me dire dans quelle direction aller.

— Kona, de quel côté ? Gauche ou droite ?

La chienne sembla comprendre, car, lorsqu'il voulut tourner à gauche, elle aboya fort ; il prit donc à droite, et la chienne s'assit et regarda.

— Est-ce qu'elle sait vraiment ? demanda Jessica, des larmes coulant silencieusement sur ses joues.

Les jointures de ses doigts étaient blanches.

— Elle sait, mais elle ne peut pas forcément l'exprimer. Parle-moi de ta voiture.

— C'est une berline Pontiac.

— Tu laisses les clés dedans ?

— Non. Elles sont pendues à un crochet derrière la porte de la cuisine.

— Donc il n'en aurait pas eu pour longtemps à prendre les clés et sortir.

— Non, dit-elle en pleurant. Il a Danny !

— Nous allons le trouver.

Juste à ce moment-là, son téléphone sonna, et il le mit sur haut-parleur.

— Badger ?

— Oui, nous sommes sur le satellite en ce moment.

— Tu n'as rien qui date d'il y a quinze ou vingt minutes, pas vrai ?

— On fait tourner les caméras de circulation. Pour l'instant, je n'ai rien de visuel. Il y a bien un siège auto dans le véhicule, non ?

Greyson se tourna vers Jessica qui hocha la tête.

— Ça ne veut pas dire que le kidnappeur a mis l'enfant dedans.

— Non, mais c'est une manière d'identifier la voiture par le pare-brise arrière, précisa Badger. Je te rappelle d'ici quelques minutes.

Greyson continua de rouler, essayant de refaire le plan du pâté de maisons dans sa tête pour trouver où il se terminait. Pour lui, il y avait une impasse devant.

— Est-ce qu'il y a un autre moyen de sortir de ce quartier ?

— Si tu connais le coin, oui, dit-elle en reniflant, ses pleurs se réduisant à un flot silencieux dévalant son visage. Cette ruelle donne sur une autre rue.

Il suivit rapidement ses instructions et sortit sur une

autre route.

— Et s'il a repéré les environs, il est au courant, rajouta Greyson.

— Mais il a dû venir avec son propre véhicule.

— Cela le rendrait très visible. En plus, les flics l'ont peut-être déjà emporté.

— Alors ma voiture était la meilleure solution pour lui, conclut amèrement Jessica. Bon sang, je suis allée voir Danny tant de fois !

— Tu ne pouvais pas savoir, la rassura-t-il. Les types comme lui sont très déterminés.

— Mais toi, tu le savais, et c'est pour ça que tu es parti à sa recherche.

— Et je l'ai perdu, et j'ai fini par retrouver sa trace chez toi, répondit-il d'un air sinistre. C'est pour ça que je sais que ça ne fait pas longtemps.

Badger rappela.

— Le satellite l'a repéré à environ six kilomètres de la maison.

— Dans quelle direction ? demanda Greyson qui lui transmit sa propre localisation.

— Tu prends à droite, tu continues sur deux blocs, puis tu prends à gauche.

Une autre voix apparut sur la ligne.

— Ici Stone. Je fais partie de l'entreprise de sécurité de Levi. Badger nous a contactés parce que nous avons un système satellitaire en parfait état de marche. J'ai cru comprendre que nous avons un garçon disparu.

— Oui, dit Greyson, et salut, Stone. J'ai fait deux tournées avec toi il y a environ neuf ans.

— Je me souviens, dit-il. On s'en occupe, mon pote. Il faut continuer à suivre les instructions. Je t'ai aussi sur le satellite.

— Ils sont loin devant nous ?

— Tu es en train de réduire un peu l'écart. Une fois sur l'autoroute, tu devras commencer à te faufiler dans la circulation et prendre un peu de vitesse.

— Je crois que la rampe d'accès n'est pas loin, signala Greyson.

— Prends la voie de droite, et prends la prochaine à droite pour monter sur l'autoroute.

Greyson suivit les instructions, sachant que Jessica gardait le silence et qu'elle restait prostrée sur le siège avant à côté de lui, presque tétanisée par les circonstances. Ce qui était totalement compréhensible, étant donné que l'on était en train d'emmener son fils loin d'elle.

— Quelle est son avance ? demanda Greyson à Stone.

— Trop loin pour que tu puisses le voir. Essaie de prendre toutes les ouvertures que tu trouves. Il faut que tu le remontes d'au moins trois kilomètres.

Sur ces mots, Greyson renoua avec sa formation et se faufila immédiatement dans la circulation, accélérant, gagnant quelques mètres chaque fois qu'il dépassait un véhicule.

— Très bien, tu as réduit la distance de moitié, lui dit Stone au bout d'un moment, d'un air approbateur. Continue. Si tu peux gagner la même distance encore, il ne sera plus qu'à quelques véhicules devant toi.

Concentré, Greyson manœuvra habilement à travers la circulation, klaxonnant au passage, prenant des risques qu'il n'aurait pas pris normalement, mais qui étaient nécessaires dans ces circonstances. Il se rapprocha très vite.

— Il y a une bretelle de sortie, prévint Stone. Elle arrive sur ta droite. Le véhicule est en train de traverser quatre voies pour la prendre.

— C'est une décision soudaine alors, remarqua Greyson.

— Il est déjà sur la deuxième voie à droite, ajouta Stone.

— Je peux me mettre sur la voie de droite. Préviens-moi s'il prend la bretelle de sortie.

— Il la prend, l'informa Stone.

— Prochaine à droite ?

— Oui.

Soudain, la sortie fut là, et l'homme d'action s'y engagea à pleine vitesse, ne freinant qu'au moment où il entrait dans le virage. Il chassa, à une vitesse qui mit Jessica mal à l'aise, il le vit bien. Sa maîtrise du véhicule était tout de même parfaite. Ce n'était rien comparé à la formation de conduite qu'il avait reçue. Il savait comment gérer n'importe quel véhicule. Au besoin, il était capable de piloter un avion. Les hélicoptères ? Eh bien, c'était une tout autre histoire.

— Il est à quatre voitures devant toi maintenant, l'avertit Stone.

Greyson appuya sur l'accélérateur et dépassa le véhicule suivant.

— Trois, maintenant ?

— Trois.

Peu après, il n'y en eut plus que deux.

— Il est dans le second véhicule devant toi.

Greyson se pencha en avant pour scruter le pare-brise.

— J'aurais aimé avoir un meilleur éclairage. Je n'arrive pas à croire qu'il fasse encore si sombre.

— Vous avez une forte couverture nuageuse, fit Stone. Elle nous cause aussi quelques soucis.

Greyson dépassa rapidement le véhicule suivant et arriva sur le côté passager de la voiture de Jessica. Il la regarda.

— C'est bien ta voiture ? lui demanda-t-il.

— Oh, mon Dieu. Oui. Tu vois ? C'est le siège auto à l'arrière.

Elle se pencha en avant et essaya de regarder.

— Ne te donne pas cette peine, dit-il. Le siège auto est vide.

Elle hoqueta et s'effondra sur son siège.

— Qu'est-ce que ça veut dire ? demanda-t-elle, les mains tremblantes.

— Cela veut probablement dire que Danny est endormi sur le siège avant, attaché avec des couvertures. Le kidnappeur n'a probablement pas voulu prendre le temps de comprendre le fonctionnement du siège auto.

Elle secoua la tête.

— Ce n'est pas le genre de Danny de dormir aussi longtemps. Il devrait se réveiller.

— Nous n'allons pas aborder ce sujet pour le moment. Ce qu'il faut que je fasse, c'est pousser ce gars à ralentir.

Ils étaient au coude à coude, mais l'autre ne semblait pas prendre garde à ce que faisait Greyson. Il ralentit légèrement et se rangea derrière lui.

— Qu'est-ce que tu fais ? s'écria-t-elle. Tu viens juste de le rattraper !

— Nous ne voulons pas mettre Danny en danger, lui rappela-t-il.

Elle se contenta de le fixer, à court de mots, et s'enfonça dans le siège.

— Je sais que c'est difficile. Je comprends, mais tu dois me faire confiance.

— J'y travaille. C'est ma voiture, c'est sûr, mais qu'est-ce qu'on est censés faire maintenant ?

Devant eux se trouvaient des voitures de police aux sirènes hurlantes. La Pontiac les évita prestement et prit à gauche. Greyson était juste derrière lui et fit de même.

— Hé, Stone. Il va me falloir un autre chemin, sinon il va penser que je le suis.

— Il le pense probablement déjà.

La Pontiac prit un virage serré à droite, et Greyson passa devant, pour prendre la suivante à droite.

— Où est-il allé ?

— Il fonce toujours en parallèle de toi, alors continue, lui conseilla Stone. Vous êtes à un bloc l'un de l'autre et vous allez tous les deux dans la même direction.

Greyson prit de la vitesse.

— Où cela va-t-il nous mener ?

Elle secoua la tête.

— Je n'en ai aucune idée. Je ne connais pas du tout ce coin.

— Vous êtes dans une zone industrielle, indiqua Stone. Il y a toutes sortes d'endroits où il pourrait se cacher. Si tu peux faire un pâté de maisons de plus, il faut que tu le fasses rapidement, au prochain bloc.

En un clin d'œil, Greyson freina et prit un virage serré à droite, puis descendit la rue et prit à gauche.

— Maintenant, où ?

— Il a pris à gauche, dit Stone, mais pas sur ce bloc. Dans le prochain pâté de maisons, aux trois quarts environ, il devrait y avoir un parking, ou un parking souterrain, ou quelque chose. C'est vraiment difficile pour nous de voir.

Greyson freina et s'engagea dans une allée.

— C'est une usine chimique, on dirait le siège ou les bureaux d'une usine chimique.

— Nous n'avons plus de trace du véhicule ici. Sors peut-être avec Kona.

— C'est compris. Je te tiens au courant.

Sur ces mots, il se gara sur la première place de parking, descendit de voiture avec Kona, et demanda à Jessica :

— Tu viens avec moi ?

Elle était déjà dehors, et lui dit :

— Absolument.

Ils marchèrent rapidement le long des véhicules qu'ils avaient déjà dépassés, cherchant un endroit où sa voiture aurait pu être cachée. Devant l'entrée principale se trouvaient plusieurs autres véhicules. Il les regarda en secouant la tête, mais vit un quai de chargement sur le côté.

Il se précipita et il trouva effectivement une petite voiture garée juste en dessous. Avec Kona à ses côtés, il s'élança. Arrivé près de la vitre passager, il zyeuta l'intérieur et vit un tas de couvertures. Il ouvrit prestement la portière pour vérifier. *Il y avait Danny.*

Il prit le bébé dans ses bras et se tourna pour le poser dans les bras de Jessica au moment où elle arrivait. Elle poussa aussitôt un cri et attrapa l'enfant qu'elle serra contre elle.

Greyson appela Stone.

— Nous avons le petit, l'informa-t-il, mais il nous faut un verrouillage de la zone pour trouver le kidnappeur.

— Les flics sont en route.

— Ils n'ont pas été d'une grande aide jusqu'à présent, répondit Greyson d'une voix dure. Et ça fait maintenant deux fois qu'ils se font avoir par le même type.

— Laisse-leur une chance. Et si vous avez besoin de quelques hommes supplémentaires, fais-le-moi savoir. Nous avons sans doute quelqu'un dans les parages que nous pourrions mettre sur le coup.

— Ça pourrait nous être utile, confirma Greyson. Tu peux mettre Badger au courant ? Je vais mettre Jessica et le bébé en sécurité dans mon camion, et laisser Kona en surveillance. Ensuite, je pars à la chasse.

CHAPITRE 8

JESSICA ETAIT ASSISE dans le camion, un policier à côté d'elle qui espérait obtenir une explication. Elle essayait, mais ses phrases étaient confuses. Elle serrait son fils dans ses bras et fondait de nouveau en larmes. Kona était assise près d'elle et de Danny, et gémissait.

— Détendez-vous, détendez-vous. Vous avez récupéré votre fils.

— J'ai récupéré mon fils, et ce n'est pas grâce à vous ! Quelqu'un montait la garde, et il est parti ! Ce harceleur, kidnappeur, devait être au courant d'une manière ou d'une autre. Il a dû le voir partir.

— Eh bien, nous faisons face à un manque d'effectifs, s'excusa le policier.

Elle secoua la tête et se balança d'avant en arrière.

— Ce n'est pas une excuse, compte tenu de tous les problèmes que j'ai déjà eus à cause de lui, déclara-t-elle.

— Mais votre ex-mari a récupéré le bébé, dit-il.

— Ce n'est pas mon...

— C'est donc l'essentiel. Une chose est sûre, il n'aurait pas dû se mettre en chasse de ce type façon justicier.

— Bien sûr que si ! Il sait parfaitement que s'il ne le faisait pas...

— On ne peut pas le laisser agir comme s'il appartenait aux forces de l'ordre.

Elle en avait assez de ses interruptions constantes.

— Je n'ai pas l'impression que vous saisissiez. D'abord, il ne s'agit pas de mon ex-mari. Ensuite, Greyson est un ami. Et je ne connais pas grand-chose de son passé militaire, mais c'est son métier. Vous pouvez être sûr d'une chose, c'est que maintenant qu'il s'est engagé dans cette voie, il n'en démordra pas.

À ce moment-là, l'officier Winston parut soudain intéressé, pas dans le bon sens du terme :

— Pouvez-vous nous donner plus de détails sur lui ?

Elle lui fournit le nom et le numéro de téléphone de Greyson.

— Au-delà de ça, vous trouverez vos informations tout seul. Et s'il vous plaît, ne me laissez plus seule.

— Je ne pars pas, la rassura-t-il. Je vais rester ici et passer quelques coups de fil.

Elle resta assise à l'intérieur de la cabine du camion et observa le policier qui faisait les cent pas. Son cœur et son esprit n'étaient toujours pas sur la même longueur d'onde. Le problème, c'est que Danny n'avait aucune raison de dormir à ce point. Elle remarqua l'ecchymose sur sa tempe. Cette ordure avait assommé son enfant.

Si le kidnappeur avait réveillé Danny en l'emmenant, et que le petit n'avait pas reconnu son environnement, il aurait commencé à crier. Un coup à la tête faisait disparaître le risque, surtout avec un petit de cet âge. Elle voulait faire examiner Danny, mais d'un autre côté, elle ne voulait pas quitter Greyson. Et en même temps, elle avait envie de se tirer de là.

Alors qu'elle était assise là, à bercer doucement son fils, attendant qu'une ambulance vienne lui apporter une aide médicale immédiate, son téléphone sonna. Elle jeta un coup d'œil, et vit qu'une fois de plus c'était un appel anonyme.

— Allô ?

Elle n'arrivait pas à croire que cet individu avait eu assez de culot pour entrer chez elle et voler son fils. Elle n'avait toujours pas l'impression non plus que cela avait quoi que ce soit à voir avec son ex-mari. Si ce n'était pas lui, qui était-ce ? Elle fixa le téléphone. Personne ne répondit. Elle raccrocha, et l'appareil sonna de nouveau. Elle ouvrit la vitre au flic qui venait de raccrocher le téléphone.

Elle lui tendit le sien et dit :

— C'est l'un des appels bidon que je reçois depuis quelques semaines. Personne ne parle jamais à l'autre bout du fil.

— Mettez-le sur haut-parleur, et répondez de façon que j'entende, demanda l'agent.

Ce qu'elle fit. Il n'y avait rien à l'autre bout. Il la regarda et haussa un sourcil.

Elle haussa les épaules et lança :

— Au fait, George, ta tactique a échoué, et j'ai de nouveau mon fils.

Il y eut un bruit bizarre, comme si quelqu'un était choqué.

— Oui, enfoiré ! s'écria-t-elle. Le simple fait que tu aies pu penser que ce genre de chose était cool signifie que je vais me réjouir de voir la porte de la cellule te claquer au nez !

Une fois lancée, elle ne put plus s'arrêter.

— Comment oses-tu essayer de me voler mon fils après tout ce temps ? Tu as été parfaitement clair sur le fait que tu ne voulais rien avoir à faire avec lui.

Elle ne savait pas exactement ce qu'elle avait dit, mais quelque chose dut le faire réagir, car il dit :

— Ferme-la, sale garce !

Et la communication fut coupée. Elle prit plusieurs longues et lentes respirations. Pendant ce temps, Kona grogna. Elle tapota la chienne pour l'apaiser.

— C'était George ?

— Je crois que oui.

— Dans ce cas, lui dit-il, je vais avoir besoin de toutes les informations possibles sur votre ex-mari.

Elle s'affaissa sur le siège, le cœur battant la chamade et l'esprit submergé par le fait que cela aurait très bien pu être George au téléphone à ce moment-là. Elle secoua la tête et raconta au policier le peu qu'elle savait.

— Je ne sais pas quoi vous dire d'autre, ajouta-t-elle quand elle eut terminé.

— Eh bien, certaines informations pour l'identifier nous aideraient.

— Je ne connais pas son numéro de sécurité sociale. J'ai quelques vieux documents concernant ses impôts à la maison.

— Un moyen d'y accéder d'ici ?

Elle fit rapidement le tri et afficha celui qu'elle cherchait, puis lui montra.

Il sourit et lui dit :

— D'accord, c'est génial.

Il nota le numéro.

— Voyons comment nous pouvons le traquer. Est-ce qu'il a un véhicule ?

— Aux dernières nouvelles, il conduisait une Mercedes, une petite décapotable sport. Je ne connais ni le modèle ni son numéro de plaque d'immatriculation.

— Ça ira. Le département des véhicules à moteur nous renseignera.

Elle se cala dans son siège au moment où Danny commença à remuer. Kona gémit de nouveau. Jessica serra le petit garçon contre elle et murmura :

— Maman est là. Maman est là.

Il remua, pleurnicha un peu, et elle continua de le bercer pour le rendormir.

— Il faut que je fasse examiner sa tête, dit-elle au policier.

— L'ambulance devrait arriver d'une minute à l'autre, lui précisa-t-il.

— J'aurais pu me rendre moi-même à l'hôpital. Ç'aurait été beaucoup plus rapide.

— Il y a certains protocoles à respecter.

De toutes les choses dont elle était sacrément reconnaissante en ce moment, outre ce merveilleux chien de garde, Kona, c'était le fait que Greyson avait trouvé Danny. Elle ne savait pas trop comment, mais elle soupçonnait que beaucoup d'autres personnes s'étaient mobilisées pour aider Greyson, bien plus qu'il ne pourrait jamais l'expliquer, mais elle était quand même très reconnaissante. Son instinct lui avait dit qu'elle pouvait lui faire confiance, et cela prouvait que non seulement il était un homme fiable, mais qu'il était aussi un homme d'action. Il n'avait plus qu'à retrouver l'ordure qui avait kidnappé son fils.

GREYSON FIT UN rapide tour des bureaux de ce bâtiment chimique, en dépit des protestations de la femme de la réception. Il lui jeta un regard dur et dit :

— Les flics sont en route. Nous recherchons le kidnappeur d'un enfant en bas âge. Nous venons tout juste de secourir l'enfant devant votre quai de chargement.

Elle se tut immédiatement et attrapa le téléphone.

— Bien, appelez la sécurité. Nous devons savoir qui est venu ici.

Il sortit son téléphone, et la photo qu'il avait du harceleur.

— Reconnaissez-vous cet homme ?

Abasourdie, elle le regarda, secoua la tête, et remarqua :

— Cette photo est de mauvaise qualité.

— Peut-être, mais regardez-la, insista-t-il. Vous le reconnaissez ?

Elle regarda une seconde fois, fronça les sourcils, et dit :

— Peut-être, mais pas vraiment.

— Qu'est-ce que ça veut dire ?

— Il ressemble un peu à un des gars qui travaillent sur le quai de chargement, mais pas vraiment.

— Qu'est-ce que ça veut dire, « pas vraiment » ?

— Dennis, qui travaille sur le quai de chargement, a les cheveux blonds. Les cheveux de ce monsieur ont l'air plus foncés.

— Où est Dennis en ce moment ?

Elle secoua la tête.

— Il est toujours à l'entrepôt.

— Comment puis-je m'y rendre ?

Elle pointa les ascenseurs du doigt.

— Descendez au niveau inférieur, au rez-de-chaussée, et allez tout droit.

Comme les ascenseurs ne s'ouvraient pas assez vite, il prit les escaliers. Il descendit d'un étage, et les escaliers s'arrêtaient au premier. De là, il sauta dans l'ascenseur et descendit dans les niveaux les plus bas. Quand il s'ouvrit, il découvrit une zone immense avec un petit couloir, et quelques bureaux sur le côté. Il y jeta un rapide coup d'œil.

Ils étaient vides, alors il se dirigea vers l'entrepôt. Celui qui avait conduit la voiture de Jessica était toujours là. Du moins, Greyson l'espérait. Les flics avaient sûrement bloqué la sortie à l'entrée principale, alors il devait être quelque part ici.

Alors qu'il sortait, un autre homme cria :

— Hé, qui êtes-vous ?

Il se retourna pour faire face à un homme au physique très similaire à celui qu'il poursuivait.

— Vous êtes Dennis ?

— Effectivement, dit-il en fronçant les sourcils.

— Je crois que votre frère vous cherche.

Immédiatement, un regard las apparut sur son visage.

— De quoi parlez-vous ?

— Nous avons récupéré l'enfant et le véhicule, mais votre frère est ici, en ce moment même, en train d'essayer d'échapper aux autorités.

Dennis semblait stupéfait. Il resta bouche bée.

— Vous êtes sérieux ?

— Il a harcelé la mère de l'enfant pendant des jours, voire des semaines ou des mois. Difficile de savoir quand cela a commencé. Tôt ce matin, il a agressé deux officiers de police et leur a échappé.

— Je n'ai pas vu Frank aujourd'hui.

— C'est possible, dit-il, mais si c'est vrai, c'est seulement parce qu'il n'a pas réussi à vous trouver.

— Il sait que je ne veux pas avoir affaire à lui. La dernière fois, il m'a foutu dans une merde inimaginable.

— Eh bien, il est susceptible de recommencer, dit Greyson, parce que si vous regardez la porte de votre quai numéro un, vous verrez une petite Pontiac. C'est la voiture dans laquelle il est arrivé.

Immédiatement, Dennis s'approcha, ouvrit une grande porte de quai et considéra la petite voiture qui se trouvait là, et les policiers qui l'entouraient. Il se mit aussitôt à jurer.

— Bon sang ! Ce foutu gamin !

— Ce n'en est pas un, répliqua sèchement Greyson.

Il étudia l'homme en face de lui. Il avait une carrure complètement différente de celle de l'homme qu'il avait plaqué au sol la nuit dernière.

— Oui, eh bien j'ai trente ans, et lui vingt-huit. Il sera toujours un enfant à mes yeux.

— Il n'a pas quitté le bâtiment, alors où pourrait-il se cacher ?

— Tout le monde doit avoir un badge pour entrer, dit-il, déconcerté. Il le sait.

— Oui, et dans quoi êtes-vous arrivé ?

Dennis le regarda d'un air choqué, puis jura à nouveau et se précipita dehors, au coin du bâtiment. Greyson le suivit, sautant du quai de chargement devant les flics, dont deux couraient maintenant derrière lui. Quand Dennis atteignit un autre parking, il jura encore plus en tapant du pied.

— Bordel de merde ! Mon camion a disparu !

Il s'avança jusqu'à l'emplacement vide et expliqua :

— C'est mon emplacement, juste là.

— Quel genre de camion est-ce ?

Il se retourna, sortit son téléphone, et dit à Greyson :

— C'est mon bébé. C'est une Ford bleue avec plein de grilles.

— Et comment aurait-il pu le démarrer ?

— Ce gamin vole des voitures depuis l'école primaire. Il sait comment faire démarrer un véhicule. Il aurait pu prendre n'importe lequel.

— Mais c'est le vôtre qu'il a pris. Pourquoi ?

— À votre avis, merde ? C'est mon frère, donc Frank pense probablement que je ne ferais pas de déclaration de vol parce que je saurais que c'est lui qui l'a pris.

— Est-ce qu'il y a des caméras de surveillance ? aboya Greyson en observant le côté du bâtiment.

— Pas ici, mais à l'avant, oui.

Un policier intervint aussitôt :

— Il faut qu'on y accède tout de suite.

— Est-ce qu'il y a une autre manière de sortir d'ici ? s'enquit Greyson auprès de Dennis.

— Il y a une autre grille à l'autre bout, répondit celui-ci en montrant la direction du doigt. Elle mène à une autre rue.

— Et merde ! s'exclama Greyson avant de se tourner vers le policier. Je vous laisse, je vais traquer Frank.

Dès qu'il arriva, le flic qui se tenait appuyé contre la voiture de son grand-père se redressa. Il le mit au courant des derniers rebondissements.

— Frank a volé un camion et est parti de l'autre côté. Il conduit un F-150 bleu, dit-il en lui transmettant le numéro de la plaque d'immatriculation. C'est le camion de son frère, Dennis, qui travaille ici. Je me remets à sa poursuite.

Sans laisser la moindre chance au flic de protester, il grimpa dans son camion et alluma le moteur. Il regarda Jessica et lui dit :

— Désolé, mais tu es bonne pour une autre balade.

— Ne nous tue pas.

— En fait, tu devrais plutôt rester ici et attendre ton ambulance.

Il se ravisa :

— Non. Vas-y. Assure-toi que ton garçon va bien.

Obéissante, elle sortit du véhicule et se tint à proximité, tandis qu'il quittait le parking en direction de la grille arrière, à l'endroit même où Frank était allé avec son véhicule volé. Kona resta avec lui, plus qu'heureuse de rester en chasse.

Greyson comprit que c'était une porte que lorsqu'il était presque dessus. Elle était encore partiellement ouverte. Il sortit du camion, ouvrit la grille, remonta et fila tout en sortant son téléphone.

— Badger, on a encore besoin de Stone. Cette ordure a pris le camion de son frère et est sorti par l'arrière.

— Intéressant, dit Badger d'une voix calme.

— Je suis en train de le connecter. Ne raccroche pas.

La seconde suivante, Stone était en ligne.

— Il conduit un F-150 bleu avec beaucoup de grilles, précisa Greyson à Stone, en lui lisant la plaque d'immatriculation. Il est seul. C'est le camion de son frère, et il doit être en train de fuir.

— Nous allons le retrouver, lui assura Stone.

— Le petit garçon va bien ?

— Il a quelques contusions au niveau de la tempe, dit-il. Il est fort probable que cet enfoiré ait frappé Danny pour l'assommer. Pour l'instant, lui et sa mère sont restés avec les flics pour attendre l'ambulance qui doit venir pour examiner le petit.

— Bien, dit Stone. Retrouvons cet enfoiré. Nous lançons la surveillance aérienne. Donne-nous une minute.

Les minutes défilaient tandis qu'ils effectuaient de nombreuses recherches, et que Greyson faisait le tour de plusieurs pâtés de maisons en procédant à des vérifications aléatoires.

— Je suis désolé, mec. Je ne trouve aucune trace de ce camion, lui annonça Stone.

— Je n'arrive pas à le croire, souffla Stone. Et les caméras de circulation ?

Cette zone industrielle ne dispose que de peu

d'équipements, alors on cherche chez les entreprises qui ont des caméras privées qui tournent. Rien pour l'instant, mais… Oh, attends, vingt minutes après ton départ, l'une des caméras l'a intercepté à environ six kilomètres de là. Reste en ligne le temps qu'on le retrouve à partir de là.

Greyson sortit de l'autoroute pour la reprendre dans l'autre sens.

— Donc il est venu ici, a abandonné le gamin, et récupéré un nouveau véhicule ?

— C'est tout à fait possible. Réfléchis. S'il se fait attraper au volant d'un véhicule volé, avec un enfant kidnappé, c'est une tout autre histoire.

— Et il aurait su que le gamin ne craignait rien là-bas. À un moment ou à un autre, quelqu'un aurait fini par venir et examiner une voiture garée juste devant le quai de charge-ment.

— C'est bien possible, et au moins, ça rend ce type un peu plus humain, répondit Stone. Ne t'inquiète pas. Je le déteste toujours malgré cela.

— Toi comme moi. Je t'en prie, dis-moi que vous avez retrouvé où cet idiot est allé.

— Oui. Il est allé jusqu'au McDonald's, a stationné le véhicule et est entré, mais cela fait plus de quarante minutes.

Greyson arriva dans le parking du McDonald's dix mi-nutes plus tard. Il passa lentement devant le parking rempli de véhicules et s'arrêta à côté du F-150 bleu avec tous ses chromes.

— Je suis quasiment sûr qu'il l'a abandonné ici, dit-il en sortant de son camion pour faire le tour de l'autre.

— Ce serait plutôt aisé pour lui de prendre n'importe quelle autre voiture.

— Même s'il n'en a pas trouvé ici, il y a un petit centre

commercial de l'autre côté de la rue, et il y a un grand dépôt de voitures d'occasion dans le pâté de maisons d'à côté. Ce n'est pas le choix qui manque ici. Son frère a dit que Frank était très rapide pour démarrer des véhicules, alors il pourrait être n'importe où maintenant. On dirait qu'on l'a perdu.

CHAPITRE 9

J ESSICA N'ARRIVAIT PAS à dormir. Elle ne trouvait pas le repos, et il était hors de question pour elle de s'éloigner de plus d'un mètre de son fils. C'était le milieu de matinée à présent. Le soleil était haut dans le ciel. Elle avait déjà bu l'équivalent d'une cafetière, et était assise à la table de la cuisine, à se demander comment elle allait tenir le coup toute la journée. Elle ne voulait pas faire de sieste avant son fils, et il semblait lui aussi un peu groggy et peu assuré.

Les ambulanciers avaient examiné Danny et lui avaient dit qu'elle pouvait l'emmener à l'hôpital si elle était encore inquiète, mais ils étaient sûrs qu'il irait bien. Elle avait décidé de prendre rendez-vous avec son médecin plus tard si elle s'inquiétait.

La police l'avait ramenée chez elle. Son fils était un peu grincheux et ne se sentait pas très bien, mais il n'était pas non plus assez fatigué pour dormir. Il était assis sur le sol à côté du canapé, à jouer avec ses cubes. Elle était à la table de la cuisine, à quelques mètres seulement, et observait le moindre de ses mouvements.

Elle n'arrivait toujours pas à croire ce qui s'était passé. C'était bien trop incroyable et effrayant pour y songer. Non seulement cet enfoiré s'était introduit chez elle, mais il lui avait pris son fils juste sous son nez. Et s'il était capable de faire ça…

Quand on sonna à la porte, elle se figea. Danny leva les yeux vers elle, et son petit visage se crispa comme s'il allait se mettre à pleurer. Elle le prit rapidement dans ses bras et lui dit :

— Tout va bien, mon chéri.

Quand elle entendit la voix l'appeler de l'autre côté de la porte, elle reconnut Greyson.

Elle se précipita, déverrouilla, mais laissa la chaîne avant de jeter un œil. C'était bien lui, et il était seul.

Avec un sourire, il lui dit :

— Je suis ravi que tu aies laissé la chaîne.

Elle la retira rapidement et le fit entrer.

— Je crois que plus jamais je n'oublierai de la mettre, lui dit-elle. J'aurais de la chance si j'arrive à dormir à nouveau un jour.

Il se pencha vers elle, l'embrassa doucement sur la tempe et lui dit :

— Compris.

Puis il baissa les yeux sur Danny dans ses bras et lui sourit.

— Comment ça va, mon pote ?

Le petit leva le nez et se frotta les yeux.

— Mauvaise nuit, matinée difficile, soupira sa mère. Les ambulanciers ont déclaré qu'il était en bonne santé, mais que si je m'inquiétais, je pouvais soit aller à l'hôpital, soit consulter mon médecin dans la journée.

— Et tu es inquiète ? Comment va-t-il ?

Elle secoua la tête.

— Pas vraiment. Je suis juste épuisée, et d'après ce que je vois, lui aussi.

Elle recula un peu et bâilla.

Il la regarda et lui dit :

— J'ai l'impression qu'on est un peu tous dans le même état.

— Je croyais avoir un peu dormi, mais ensuite, je ne sais pas, dit-elle en se frottant le visage.

Elle referma et verrouilla la porte derrière lui, puis remit la chaîne en place.

— Est-ce que tu as vu ou entendu quelque chose depuis mon départ ?

— J'ai dû gérer la police, l'ambulance, mais en dehors de ça, non. Ils m'ont déposée ici, et je me suis terrée.

Elle s'interrompit :

— Ça veut dire que tu ne l'as pas attrapé ?

Il lui adressa un signe de tête assorti d'un regard sinistre.

— C'est exactement ce que ça veut dire, confirma-t-il. Malheureusement, nous avons suivi le camion de son frère depuis la grille arrière, mais Frank l'a abandonné, et nous l'avons perdu entre les centres commerciaux et les parkings. Je viens tout juste de revenir. La police ratisse la zone, et mes hommes ont des satellites en route, mais, jusqu'à présent, nous n'avons trouvé aucun signe de lui.

— Bien sûr. Quand il a abandonné le camion, il a pu récupérer n'importe quel véhicule et disparaître, conclut-elle d'une voix douce.

Elle entra dans le salon, déposa Danny sur le sol à côté du canapé, là où il s'amusait un peu plus tôt, et se rendit dans la cuisine pour verser une tasse de café à Greyson.

— Eh bien, je suis vraiment désolée que tu ne l'aies pas attrapé.

— Moi aussi.

Sa voix reflétait une telle frustration qu'elle comprit ce qu'il ressentait.

— Au moins, vu qu'il s'en est aussi pris à des policiers,

ils vont mettre tout en œuvre contre lui.

— Je sais bien, et ça aide, mais ce n'est toujours pas la réponse adéquate. Nous l'avions ! dit-il en refermant le poing. Jamais il n'aurait dû pouvoir s'échapper.

— Je sais, dit-elle. Son culot m'a abasourdie.

— Je crois que c'était surtout du désespoir. Mais il s'est enfui, et ensuite il est revenu et a pris le petit directement dans son lit.

Il prit place sur une chaise de la cuisine, d'où il pouvait surveiller Danny.

— Je suis désolé qu'il ait été blessé.

— Moi aussi, surtout que tout cela l'a rendu grincheux, mais sinon, il a l'air d'aller bien. Avec un peu de chance, les flics vont retrouver Frank, dit-elle parce qu'elle voulait que Greyson se sente mieux.

Il lui adressa un petit signe de tête.

— Le prochain souci, dit-il en posant sur elle un regard franc et direct, c'est que je ne crois pas qu'il faille de nouveau le laisser seul.

— Malheureusement, c'est devenu assez évident ce matin, quand Frank a réussi à se glisser dans la maison et s'en aller alors même que j'étais dans la maison. Ce cauchemar n'en finira jamais, dit-elle en secouant la tête.

— Ça passera avec le temps, surtout quand nous l'aurons attrapé.

— Rattrapé, le corrigea-t-elle.

— Exactement. Cette fois, il ne pourra pas s'enfuir.

Elle ne savait pas si Greyson voulait dire qu'il allait casser les jambes du kidnappeur ou s'il allait le tuer. Elle était d'accord pour le tuer, pour ne plus que cette enflure s'échappe et s'en prenne à nouveau à eux.

— Est-ce que tu as une idée de qui d'autre pourrait vouloir prendre Danny ? Nous partons du principe que c'est en rapport avec ton ex-mari, mais nous n'en avons aucune preuve, et ce pourrait être simplement une diversion pour détourner notre attention d'autre chose.

— Je ne connais personne d'autre qui pourrait s'y intéresser.

— Je sais que c'est un peu tiré par les cheveux, mais connais-tu des jeunes couples en mal d'enfant ?

— Tu penses que quelqu'un pourrait avoir volé mon bébé pour le faire sien ?

— C'est le genre de choses qui se produit partout dans le monde. Nous ne pouvons encore rien affirmer. Nous sommes à la recherche de ton ex, mais personne ne le trouve pour le moment.

— Même si tu le retrouves, il est assez fuyant, bientôt il aura de nouveau disparu.

— Parce qu'il voyage beaucoup ?

— Ça, et le fait qu'il n'est pas du genre à aimer qu'on le questionne.

— Il ne croit pas en l'autorité ni en la hiérarchie au sein d'une entreprise, et il ne pense pas être redevable de quoi que ce soit.

— Un mec sympa, résuma-t-il.

Elle se rapprocha de Greyson en chuchotant.

— C'est le genre de chose que l'on ne peut pas vraiment comprendre avant de vivre avec une personne pendant un certain temps, c'est à ce moment que la façade, le brillant commence à s'estomper, et la vraie personne apparaît. On ne se rend compte de rien jusqu'à ce que quelque chose se produise, comme dans mon cas, la grossesse, et qu'on découvre à quel point c'est un connard.

— Il voulait que tu avortes ?

Greyson chuchotait aussi désormais.

— Il ne voulait pas de famille, ni des dépenses qui vont avec, et ne voulait surtout pas payer de pension alimentaire. Je continue à me torturer les méninges à ce sujet. Et pourquoi n'aurait-il pas demandé à ses avocats de s'en charger ? C'est par là qu'il a commencé.

— Les avocats coûtent cher.

— George avait de l'argent, mais peut-être qu'il a traversé une crise de la quarantaine et s'est aperçu qu'il lui fallait un enfant pour continuer sa lignée ou une autre absurdité de ce genre, dit-elle en haussant les épaules.

— En gros, nous avons tous les deux eu nos propres crises en même temps. Il déménageait, je ne pouvais pas me permettre de conserver l'endroit, et je voulais m'éloigner de lui de toute façon, alors un de mes amis nous a fait déménager ici.

— Cet ami aurait-il quelque chose à voir avec ça ?

Elle rit.

— Non, pas du tout. C'est la définition d'un ami. Quelqu'un qui aide, pas quelqu'un qui change d'avis et essaie de vous voler votre enfant.

— Je comprends, mais les gens ont parfois toutes sortes d'arrière-pensées quand ils font les choses.

— Je ne suis pas sûre d'apprécier ta manière de penser, dit-elle en lui jetant un regard triste. Je crois que tu as trop longtemps vécu en zone de guerre, et que maintenant tu vois uniquement le mal chez les gens.

— C'est probable, acquiesça-t-il, mais c'est aussi la vérité.

Elle le regarda et lui proposa :

— Tu veux quelque chose à manger ?

Il hésita avant de demander :

— Tu as un truc pour moi ?

— Il y a toujours un truc quelconque à manger, répond-it-elle en souriant, avant de se lever et d'aller ouvrir le frigo. Des œufs et du bacon, ça te tente ?

— Je suis toujours partant pour du bacon et des œufs. Pourquoi s'obliger à ne manger ça qu'au petit-déjeuner ? demanda-t-il en riant. Certains aliments sont bons à manger toute la journée.

— Je m'occupe de toi, alors.

À PRESENT QUE l'adrénaline était retombée, et qu'il s'était retrouvé dans la fâcheuse position de devoir lui annoncer qu'ils avaient perdu le kidnappeur, Greyson était installé devant une tasse de café et regardait Jessica préparer du bacon et des œufs. C'était une joie de la voir en cuisine. Elle était visiblement à l'aise et heureuse d'être ici. Lui aussi appréciait d'être en cuisine, même s'il préférait de loin les barbecues.

Quand elle se retourna avec deux assiettes pleines, il lui sourit.

— Ça m'a l'air parfait, dit-il. Merci beaucoup.

— Je ne sais pas comment te remercier pour ce que tu as fait.

Tous deux s'assirent autour de l'îlot et regardèrent Danny jouer à côté d'eux. Il était un peu grognon, il ne tarda pas à se lever pour s'allonger sur le canapé, mais il s'agitait encore. Elle le remarqua, regarda Greyson et dit :

— Je sais qu'il ne se sent pas bien. Je vais peut-être le monter pour une sieste après avoir fini de manger.

— Toi, tu fais ça, et moi, je m'écroule sur le canapé.

Elle parut étonnée.

Il secoua à nouveau la tête.

— Si tu crois que je vais te laisser seule pendant que ce fou est en liberté, détrompe-toi.

Elle le fixait toujours, et ses yeux s'assombrirent.

— Je ne suis pas une menace pour toi, lui dit-il gentiment. Je te le promets.

Elle lui fit un petit signe de tête.

— Je le sais bien. C'est juste que je n'avais pas vraiment réfléchi à ce qui se passerait ensuite. Les flics n'ont pas particulièrement semblé partants pour une protection rapprochée. Et évidemment, à leurs yeux, ce n'est pas grand-chose.

— Je pense que si, mais ils sont en pénurie de main-d'œuvre, et ça coûte de l'argent.

Elle hocha la tête à contrecœur.

— On en arrive toujours là, n'est-ce pas ? constata-t-elle en s'écroulant sur sa chaise, étudiant son fils d'un œil morose. Je vais devoir déménager.

— Tu as un endroit où t'installer ?

— Non, pas vraiment. Je suis encore en congé cette semaine et la suivante, mais ensuite il faudra aussi que je retourne travailler.

Il la regarda pendant qu'elle repoussait des mèches de son visage.

— Je vais m'installer ici, en bas, et m'assurer que personne d'autre n'essaie de rentrer dans la maison et de capturer Danny.

— Et c'est une solution temporaire, marmonna-t-elle. Il m'en faut une à long terme.

— La seule solution à long terme serait de se débarrasser de ce type et découvrir qui l'a embauché. S'il a été engagé, cela étant.

Elle lui jeta un regard dur.

— Tu crois vraiment que ça pourrait être quelqu'un d'autre que George ?

— Quel genre d'événement pourrait le pousser à faire une telle chose, après tout ce temps ? demanda Greyson en regardant Danny. Pourquoi au bout de deux ans débarque-rait-il de nulle part pour essayer de le prendre ?

Les épaules de Jessica s'affaissèrent.

— Je me pose la même question depuis cet accrochage.

— Nous ne pouvons pas l'exclure, mais nous devons aussi nous concentrer sur autre chose que cela, pour ne pas faire d'erreur. Je ne veux pas me montrer étroit d'esprit et m'enfermer dans une seule hypothèse.

— C'est bon, dit-elle en se levant.

Elle prit leurs assiettes sales pour les laver dans l'évier.

— Et j'apprécie que tu restes dans le coin pour nous pro-téger, dit-elle, mais ce n'est pas à ça que tu es censé consacrer ton temps.

Puis elle se souvint de la chienne.

— Oh, merde, et Kona ?

— Elle est dans l'arrière-cour.

— Mais tu as dit qu'elle pouvait facilement la franchir !

— Je l'ai laissée attachée pour l'instant. Je ne pouvais pas l'amener chez toi sans m'assurer que tu étais d'accord.

— Bien sûr que je suis d'accord. Cette chienne a sauvé la vie de Danny. À deux reprises.

Elle marcha jusqu'à la porte arrière, se retourna pour le regarder et lui demanda :

— Tu crois que c'est sans danger ?

— Je crois qu'il n'y a absolument aucun danger, dit-il tout près d'elle alors qu'il sortait sous le porche.

Là, dans le coin, allongée sur le côté, se trouvait Kona, avec la corde qui lui permettait tout juste d'atteindre la véranda. Il s'approcha, détacha le bout de sa laisse improvisée, et la fit entrer dans la maison. S'étirant devant le canapé, Kona renifla Danny, puis s'allongea sur le sol devant lui.

Danny s'assit tout contre le ventre du chien, puis il s'étira, avec sa propre poitrine sur celle du chien. Kona profitait de l'attention du petit garçon, et ne fit pas le moindre mouvement pour le déloger. Pas même un soubresaut.

— Nous devons lui trouver un collier et une laisse, dit-il. Cette corde, ce n'est vraiment pas idéal.

— C'était efficace sur le court terme.

— Effectivement.

Elle fit un geste vers la corde.

— Est-ce qu'on lui laisse ?

Il hésita avant de hocher la tête.

— Pour le moment, oui.

— Comment vas-tu aller chercher une laisse si elle est ici avec moi ? Je ne suis pas sûre d'être capable de la contrôler, dit-elle prudemment.

— Je crois que personne n'a besoin de la contrôler, car elle est manifestement très attachée à ton fils.

Pendant qu'ils regardaient, la main de Danny, qui était en train de gratter Kona, ralentit et finit par s'arrêter.

Jessica demanda :

— Tu crois qu'il dort ?

— J'en ai bien l'impression, et ça pourrait résoudre ton problème, vue que tu m'as dit qu'il ne se sentait pas très bien.

— Je savais qu'il était fatigué, mais ça, c'est trop mignon.

Elle secoua la tête et Greyson sourit.

Puis il se leva avec son téléphone, prit une photo et l'envoya à Badger. La réponse arriva immédiatement.

Dis donc, voilà le fameux lien dont tu parlais.

Oui, mais pas forcément celui qui pourra prendre soin de Kona.

— Je vais m'installer ici sur le canapé. Pourquoi tu ne mettrais pas ton fils dans son lit ? Il dormira mieux.

— Tu crois que ça va contrarier la chienne ?

— Non.

Et il se pencha, glissa doucement un bras sous la poitrine et les jambes du petit garçon, puis le confia avec précaution à Jessica.

Elle le plaça contre son épaule et se dirigea vers les escaliers. Elle s'arrêta en bas, se retourna pour le regarder et lui demanda :

— Tu es sûr que tu es bien là ? Il n'y a même pas d'oreiller ou de couverture.

Il montra un plaid et déclara :

— Il y a ça si j'en ai besoin, donc ça ira. Je veux faire une petite sieste pour récupérer un peu de mon énergie perdue.

— Très bien alors. On va aller faire une sieste et on reviendra dans un petit moment.

Il la regarda monter les escaliers, puis il se coucha sur le dos, les pieds sur l'accoudoir et la tête sur un coussin, puis sortit son téléphone.

Elle est partie faire une sieste, et je monte la garde. Nous devons trouver ce dingue avant qu'il ne revienne.

CHAPITRE 10

À L'ETAGE, JESSICA ne supportait toujours pas de laisser son fils seul, alors elle le borda dans son propre lit et s'allongea à côté de lui. Il ne se réveilla même pas après s'être effondré sur le chien. Voilà ce dont elle avait besoin : un chien capable de passer de l'état de demi-sauvage lorsqu'il attaquait quelqu'un à celui de complètement détendu, et même désireux d'avoir un contact étroit avec un enfant comme lui.

Elle se réveilla quelques minutes plus tard avec le même sentiment de choc et de conscience. Danny était toujours à ses côtés. Elle se blottit sur le lit, le câlinant un peu plus, sachant que ce serait quelque chose avec lequel elle devrait vivre pour le reste de sa vie. Elle avait une dette énorme envers Greyson pour avoir récupéré son fils, et elle n'avait aucune idée de comment le remercier.

Il était là, couché sur le canapé en bas pour s'assurer que personne ne rentre afin qu'ils puissent dormir. En fait, il ne dormirait probablement pas du tout. Tant qu'elle dormirait, il ne se détendrait pas.

C'était fou comme les hommes pouvaient être différents les uns des autres. Son ex-mari n'aurait jamais pu faire ça. Il aurait prétendu rester réveiller, mais il ne l'aurait pas fait. Il aurait simplement attendu qu'elle s'endorme avant de faire de même.

Alors qu'elle était allongée là, elle crut entendre

quelqu'un monter les escaliers. Elle se raidit, le regard rivé sur la porte. Et elle vit Kona, qui tirait sa corde derrière elle, monter les escaliers. Elle alla d'abord dans la chambre de Danny, et comme elle ne le trouva pas, elle vint dans celle de Jessica. La chienne s'arrêta sur le seuil de la porte, leva la tête et renifla. Puis, comme si elle avait senti qu'ils étaient tous les deux ici, elle s'allongea dans l'embrasure.

Greyson était sur ses talons. Il regarda Jessica et lui sourit.

Elle chuchota :

— Est-ce qu'elle venait voir Danny ?

Greyson hocha la tête et murmura à son tour :

— J'en ai bien l'impression.

Kona soupira joyeusement, martelant le sol de sa queue.

— Elle s'occupe vraiment de lui, n'est-ce pas ?

— C'est bien ce que je crois, oui. Alors comment se fait-il que tu ne sois pas endormie ?

— Je l'étais, dit-elle tranquillement. Puis je me suis réveillée, effrayée à l'idée qu'il ne soit plus là.

Greyson hocha la tête en signe de compassion.

— Je comprends, et ça pourrait se reproduire pendant un moment, mais il faut que tu te reposes.

— Toi aussi.

Et d'un coup, elle se sentit incapable de dormir. Elle bâilla, puis, s'asseyant, elle fit passer ses jambes par-dessus le bord du lit.

— Je suppose que c'était ma sieste de dix minutes.

— En fait, ça a duré environ quarante minutes, dit-il en gloussant.

Elle fit un signe de tête en direction de Danny, puis dit :

— Je veux qu'il dorme plus, mais je n'ai pas envie de le laisser seul ici.

— Et si on laissait Kona ? dit-il en faisant un geste vers le chien, qui s'était maintenant faufilé un peu plus loin dans la chambre et était couché au pied du lit.

Jessica sourit, puis s'approcha de la chienne et se pencha vers elle, main tendue. Kona la renifla puis poussa sa truffe contre sa main. Enchantée, elle la gratta doucement.

— Elle est vraiment belle, n'est-ce pas ?

— Oh que oui. Aussi bien intérieurement qu'en apparence. Et extrêmement bien dressée.

— Mince, je n'ai toujours pas pensé à la nourriture pour elle, dit-elle.

— Il faut que je sorte acheter de la nourriture pour chien, ainsi qu'un collier et une laisse pour elle. Je pourrais aussi faire des courses pour nous.

— Ou on pourrait attendre que Danny se réveille, et y aller tous ensemble.

Il scruta son visage un long moment avant de sourire.

— On peut faire ça aussi.

Elle rayonna.

— Merci. J'ai juste… elle ne termina pas sa phrase.

— Ne t'en fais pas, dit-il en tendant la main.

Juste à ce moment-là, son téléphone sonna.

— Il faut que je le prenne. Ça te dérange si je mets la bouilloire à chauffer ?

— Bien sûr que non. Fais comme chez toi.

Il lui fit un signe de la main et redescendit.

Elle se remit sur le lit, prit son ordinateur portable sur le chevet et consulta ses e-mails. Elle ne voulait pas quitter son fils et, en même temps, elle se sentait étrangement à l'aise avec Kona au bout du lit. La chienne dormait paisiblement.

Avoir Greyson en bas était la cerise sur le gâteau. Elle l'entendait parler, mais n'avait aucune idée de ce qui se passait. Elle espérait juste que la chasse à l'ordure qui avait kidnappé son fils progressait. De toutes les choses qu'elle pouvait admettre, la seule qui n'était pas acceptable était de blesser son enfant. Surtout en s'emparant de lui de la manière dont il avait été enlevé.

— BIEN. D'ACCORD. Je comprends, Stone. Il s'est envolé. De toute façon, il y avait peu de chances.

Greyson se passa une main dans les cheveux.

— Oui, je reste ici avec elle pour le moment. Hors de question de laisser ce type s'en prendre de nouveau à eux.

Puis il lui raconta que Kona s'était attachée au petit garçon.

Stone eut un rire amusé.

— Cela peut être un problème. Quand on a un chien comme ça, il se montre très protecteur. Dans un certain sens, c'est une bonne chose. Le kidnappeur aura du mal à revenir s'en prendre à ce petit garçon tant que la chienne sera dans les parages. Il faut aussi prendre en compte le fait que le bandit pourrait revenir avec une arme la prochaine fois et éliminer d'abord la chienne lorsqu'elle s'interposera pour protéger l'enfant.

— Je sais. J'y pensais aussi. Je n'ai pas d'arme.

— Les lois à Hawaï sont différentes de celles de beaucoup d'autres endroits, confirma Stone.

— Toi et moi savons aussi bien l'un que l'autre que si je voulais une arme, je pourrais m'en procurer une, dit Greyson d'une voix grave et calme.

— Et toi et moi savons tous les deux que nous n'en avons pas besoin, répondit Stone sur le même ton. Nous avons des armes à portée de main en permanence.

— En tout cas, merci beaucoup pour ton aide avec le satellite. Si tu trouves des informations sur le détraqué, préviens-moi.

— Sans faute. Je suis presque certain que Levi est déjà en train de se coordonner avec Badger.

— J'espère vraiment que quelqu'un se coordonne avec la police hawaïenne, car à ce stade, on a l'impression d'être livrés à nous-mêmes.

— Et d'un autre côté, parfois c'est encore ce qu'il y a de mieux. Moins de personnes à qui rendre des comptes, moins de personnes à qui demander la permission, moins de personnes avec qui se disputer pour des décisions. Tu sais comment c'est.

Même après que Greyson eut raccroché, il y réfléchit et comprit que c'était mieux de faire ce genre de choses en privé. Il n'avait pas à faire de rapport à qui que ce soit. Tant qu'il restait du bon côté de la loi, il ne marchait sur les plates-bandes de personne non plus. Bien sûr, la police voulait toutes les informations qu'il avait, et il était prêt à les partager, mais il savait aussi qu'ils ne lui rendraient pas la pareille. L'armée fonctionnait aussi ainsi. Ou, d'ailleurs, n'importe quel organisme des forces de l'ordre. Communication à sens unique. Il mit son téléphone de côté et prit son ordinateur portable dans son sac de voyage.

Il devait y avoir un moyen de trouver ce type. Au moins, ils avaient une identité, et ils avaient le frère. À cet égard, il trouva rapidement un numéro pour le frère au travail.

Quand il répondit, il s'annonça :

— Dennis, c'est Greyson. Nous nous sommes rencontrés quand votre frère a volé votre camion. Où vit Frank ?

— Les bleus sont partout ! J'aimerais simplement que

mon frère me laisse tranquille.

— Il a kidnappé un enfant, lui rappela Greyson, et il a attaqué deux policiers.

— Eh merde ! marmonna Dennis. Il a toujours été instable.

— Mais il a aussi des compétences. Où et comment ?

— Opérations militaires secrètes, mais il a été renvoyé pour mauvais comportement, expliqua Dennis. Il s'est engagé très jeune, et il a pris la vie un peu trop à cœur. Maintenant qu'il est sorti, il n'arrive pas à s'en défaire.

— Est-ce qu'il est passé dans le privé ?

— Vous me demandez s'il vend ses services ? Oui, et c'est plutôt moche. Comme je l'ai dit, c'est un peu un raté.

— Quels sont ses lieux de prédilection ? Où suis-je susceptible de le trouver ?

Le frère hésita.

— Si vous ne coopérez pas, vous savez pertinemment que vous serez inculpé pour complicité.

— Je n'ai rien fait, plaida Dennis.

— Pour ce que nous en savons, vous avez tout aussi bien pu lui donner votre véhicule. Ce qui signifie donc que vous avez aidé et encouragé un criminel à s'échapper, après qu'il a eu agressé deux officiers de police et kidnappé un enfant.

— Je n'ai rien à voir avec tout ça ! Tout est la faute de mon frère.

— Alors je vous le redemande. Où suis-je susceptible de le trouver ?

— Il a rendu son appartement il y a quelques semaines. Il m'a expliqué qu'il était sur un gros coup et que, dès que le travail serait terminé, il quitterait l'île et ne reviendrait jamais.

— Une idée de ce que c'était ?

— Il n'a pas voulu le dire.

Le temps de faire le point avec Badger et d'appeler le policier pour avoir des nouvelles de l'affaire, il entendit Danny se réveiller à l'étage. Très vite, les trois descendirent les escaliers, Jessica portant Danny et Kona veillant au grain à ses côtés.

Danny regarda Greyson et bâilla en se frottant les yeux.

— Salut, dit-il, d'une petite voix vive.

Greyson se leva et se dirigea vers le garçon, à qui il serra la main.

— Salut, toi.

Danny rit et s'accrocha au doigt de Greyson. Puis, dans un geste surprenant, il tendit les bras.

Étonnée, Jessica regarda Greyson qui lui prit facilement l'enfant dans les bras et l'accompagna dans la cuisine.

— Tu as fait une bonne sieste, jeune homme ?

— *Tigué*, dit-il en laissant tomber sa tête contre l'épaule de Greyson.

Greyson jeta un coup d'œil à Jessica, qui les fixa d'un air surpris.

— Il n'aime pas les étrangers, en temps normal !

— Je suis peut-être une sorte de présence réconfortante.

Elle entra dans la cuisine.

— Danny, tu veux manger quelque chose ?

Greyson installa le petit garçon dans la chaise haute, et Jessica lui donna des petits biscuits avec du beurre de cacahuète, du fromage et des tranches de pomme. Comme ils avaient mangé du bacon et des œufs plus tôt, Greyson n'avait pas faim. Pourtant, elle sortit de quoi faire un gros sandwich.

— Oh, comme j'avais faim, je me suis dit que toi aussi.

— Eh bien oui, je peux manger, mais j'aurais pu m'en passer.

— Non, pas besoin, répondit-elle avec un sourire. Il y a plein de nourriture.

— Heureux de l'entendre !

Elle y mit toutes sortes de légumes, de viandes et de fromages.

Il sentit son estomac gronder.

— Il a l'air fantastique !

— Ce n'est rien qu'un sandwich, lui dit-elle en souriant. N'importe qui peut en faire autant.

— Eh bien, il existe d'autres sandwichs, tels ceux auxquels je suis habitué, qui contiennent du jambon et du fromage. Ou alors, il y a de vrais sandwichs qui sont vraiment bien garnis, comme celui-ci.

— C'est le genre que je préfère.

Elle coupa les sandwichs, lui passa une assiette avec le sien, puis s'assit à l'îlot à côté de Danny. Ils se mirent tous à manger.

Il consulta sa montre quand ils eurent terminé et s'exclama :

— Il est déjà treize heures passées.

— Je sais. Je vais m'écrouler tôt ce soir, c'est sûr, mais je pourrai peut-être rattraper le manque de sommeil de la nuit dernière. Je me suis dit qu'une fois qu'on aurait fini de manger, on pourrait sortir et faire quelques courses.

Elle baissa les yeux sur Kona, assise non loin, qui fixait la nourriture de Danny avec avidité.

— Kona a vraiment besoin de nourriture pour chien, dit-elle en fronçant les sourcils.

Dès qu'elle eut terminé son sandwich, elle se leva, se dirigea vers le réfrigérateur, en sortit le reste du jambon gras avec le fromage et le donna à Kona.

Greyson secoua la tête.

— On est en train de trop gâter ce chien, constata-t-il.

— Il faut bien qu'on lui donne à manger, répondit Jessica en souriant. Je lui donnerais bien un steak pour nous avoir sauvés si je pouvais me le permettre. Elle mérite toutes mes attentions.

— Nettoyons la cuisine, et nous irons faire des courses.

— Prenons ma voiture. Il y a le siège auto et tout. La police l'a livrée à la maison pour moi.

— Je me demande si ça va fonctionner avec le chien.
Elle opina.

— Je me posais la même question.

— La seule autre option, selon lui, serait de transférer le siège auto dans le camion, dans ce cas Kona et Danny devront être ensemble sur la banquette arrière, alors peut-être que la voiture conviendra.

— J'ai de vieilles couvertures. Je pourrais les mettre sur le siège et Kona pourrait s'allonger dessus.

— Faisons un essai !

CHAPITRE 11

LORSQUE JESSICA QUITTA l'allée vingt minutes plus tard, elle ressentit un étrange esprit de famille, car non seulement elle et Danny étaient dans sa voiture, mais il y avait aussi Greyson et Kona.

— J'ai l'impression que mes chiffres ont doublé.

— C'est le cas ! dit-il joyeusement. Mais avec Kona, ça doit faire plutôt deux fois et demie, vu son appétit.

— Je ne parle pas de nourriture, dit-elle en souriant.

— Pour l'instant ! fit-il remarquer.

Elle se contenta de lui sourire.

— Tu peux aider à payer les courses, si ça te pose un problème.

— J'en ai bien l'intention !

— C'est un autre arrêt, le prévint-elle. Le nombre d'arrêts dépend toujours un peu du degré de patience de Danny.

— Bon point, dit Greyson, alors allons d'abord chercher la nourriture pour chien.

Elle les conduisit jusqu'à une grande enseigne d'animalerie.

— Est-ce que ça te convient ?

Elle leva les yeux vers la façade du magasin et se mordilla la lèvre inférieure.

— Ça ira très bien. Je ne connais pas cette chaîne, mais

Kona ne verra pas la différence.

— Je suppose qu'elle est habituée à la bonne nourriture.

— Du moins, elle l'était, répondit-il en regardant Jessica derrière le volant. Souviens-toi : elle a aussi mangé la pizza de ton voisin.

À ces mots, Jess éclata de rire.

— Je viens avec toi, dit-elle en descendant de voiture, avant d'ouvrir la portière arrière pour prendre Danny dans son siège auto.

Ce qui attira l'attention de Kona, qui sortit à son tour de la voiture.

— Tu veux la poussette ? lui demanda Greyson.

— Non. Nous allons prendre un chariot dans le magasin. Ils doivent avoir des petits animaux et des poissons que Danny pourra regarder.

À l'intérieur du magasin, elle et son fils se dirigèrent vers l'endroit où se trouvaient les animaux domestiques, tandis que Greyson et Kona rejoignaient l'allée de la nourriture pour chiens. Il chargea deux sacs de dix kilos de nourriture de bonne qualité dans son propre chariot. Quand il retrouva Jessica, il sourit en voyant Danny tendre la main vers l'aquarium et observer les poissons de l'autre côté de la vitre.

— Ils sont plutôt colorés, n'est-ce pas ? demande-t-il à Jessica, en déchargeant la nourriture pour chiens dans son chariot, laissant le sien.

— Ils sont beaux, mais ils ne m'ont jamais attirée en tant qu'animaux de compagnie.

— Moi non plus. J'aime les animaux qu'on peut toucher et câliner.

Il tendit la main à Kona : apparemment, la direction du magasin ne voyait pas d'inconvénient à ce que les animaux y entrent. C'était tant mieux, parce qu'il n'avait pas apprécié la laisser dans la voiture pendant qu'ils partaient tous les trois.

— Si tout va bien pour vous, j'emmène Kona pour voir les colliers et les laisses.

Il l'emmena et choisit un collier de bonne taille ajustable, qui irait parfaitement sur son cou. Il le lui laissa et alla choisir une laisse. Il testa le poids de plusieurs d'entre elles, et en sélectionna une qu'il accrocha au nouveau collier, puis retira la corde qu'elle avait autour du cou. Il l'enroula autour de son bras pour la transporter, puis partit retrouver Danny et Jessica qui étaient à présent devant une grande maison de poupée remplie de chatons.

— Ils sont adorables, dit-il en riant. En revanche, je ne sais pas ce que Kona penserait d'eux.

— Ce qui soulève un point intéressant. Que vas-tu faire de Kona ?

— Je n'en ai pas la moindre idée pour l'instant. On m'a dit de venir ici et de la retrouver, de m'assurer qu'elle allait bien, qu'elle avait une bonne vie, et, si ce n'était pas le cas, de veiller à ce qu'on la reprenne, afin que le gouvernement puisse lui offrir une meilleure vie. Je crois que le couple de Denver a adopté un autre chien K9 à la place.

— J'espère que tu ne l'emmèneras pas tout de suite. Du moins pas avant d'avoir trouvé le kidnappeur.

Jessica caressa doucement le dessus de la tête de Danny. Le garçon d'un blond presque blanc était totalement fasciné par les chatons. Il tapa des mains tant il avait envie d'en tenir un.

Un membre du personnel s'approcha et leur demanda :

— Vous cherchez un chaton ?

— Non ! dirent-ils à l'unisson.

La femme les regarda avec surprise. Ils sourirent.

— Kona est déjà relativement nouvelle dans la famille,

déclara Jessica en montrant la chienne.

La femme hocha la tête, sourit, et répondit :

— Il faut un temps d'adaptation avec tous les animaux.

La vendeuse baissa les yeux sur Kona et son sourire s'élargit.

— Elle est belle. J'aime ses marques uniques.

— C'est son côté malinois, expliqua Greyson, et la femme s'en alla sur un signe de tête.

— Si tu es prête à partir, dit-il à Jessica, allons payer tout ça et allons-y.

Il se dirigea vers la caisse en poussant le chariot avec Danny et la nourriture pour chien, ainsi que quelques friandises pour Kona, qui portait sa nouvelle laisse.

À l'avant du magasin, le caissier enregistra leurs achats. Une fois qu'il eut payé, ils repartirent vers la voiture. Greyson chargea la nourriture du chien dans le coffre pendant que Jess attachait Danny dans son siège. Kona prit place à l'arrière à côté de lui, l'air heureux tous les deux tandis que le petit garçon babillait d'une voix joyeuse, en tapotant la tête du chien. Le gros chien semblait complètement satisfait de rester allongé à côté de lui. Les deux adultes remontèrent en voiture et Jessica sortit du parking.

— Où allons-nous ?

— Moi de mon côté, c'était tout ce dont j'avais besoin. Alors que dirais-tu d'acheter de la nourriture pour les humains ?

— Oui, ça pourrait nous servir.

De l'autre côté du pâté de maisons se trouvait une grande épicerie.

Elle s'y arrêta et il sortit une fois encore de la voiture avec Kona.

— Pour le coup, il est peu probable qu'ils acceptent la

chienne dans l'épicerie, dit-il en souriant. Je pourrais la promener dans le parking pendant que tu vas faire les courses ?

— Oh, dit-elle, j'aurais dû y penser. Il y a un marché en plein air là-bas qui est ouvert maintenant.

Il passa le coin de la rue et vit un grand magasin de plein air avec des allées et de grandes caisses pleines de légumes.

— Eh bien, ça marche ! De quoi as-tu besoin ?

Il prit un petit chariot et prit la direction des légumes pendant qu'elle lui criait la liste de ce dont elle aurait besoin pour les prochains jours.

— Il te faudra sûrement des œufs, du bacon et de la viande.

— Je les prends à l'intérieur. Allons-y avec la chienne et voyons si quelqu'un nous fait une remarque.

Ils entrèrent et trouvèrent un rayon avec des œufs frais et des produits laitiers, ainsi que toutes sortes de viandes tranchées, y compris du bacon. Il y avait également une boucherie sur le côté. Greyson y commanda plusieurs steaks et des chapelets de saucisses.

La jolie femme lui sourit.

— Tu es un vrai mec, le taquina-t-elle. Tout tourne autour de la viande.

— Du poisson m'irait parfaitement. Je n'ai pas vu de barbecue chez toi. Tu en as un ?

— Non.

— Il faut qu'on arrange ça.

Il se dirigea vers le comptoir et commanda du fromage à la coupe.

Elle le tira sur le côté et lui montra les fruits.

— Nous n'y sommes pas encore allés. Tu veux des fruits ?

Il s'y dirigea avec un sourire et remplit immédiatement les espaces libres du chariot.

Elle considéra les provisions :

— Ça va coûter des centaines de dollars.

— Bien. De toute manière, c'est moi qui paie.

Il poussa le chariot jusqu'à l'avant du magasin, avec toujours Kona en laisse. Elle se comportait de manière exemplaire, se tenant toujours à côté de lui.

À la caisse, l'employée souligna le bon comportement de Kona. Leurs courses furent vite payées et mises en sacs, et ils repartirent vers la voiture.

Pendant que Greyson chargeait les provisions dans le coffre, par-dessus et autour de la nourriture pour chiens, Jessica tenait Danny dans ses bras et regarda Kona en disant :

— Je n'aurais jamais pensé qu'une chienne comme elle puisse être aussi bien élevée.

— Je me contenterai de dire que nous avons de la chance, parce que nous apprenons tous à nous connaître.

— C'est logique.

— Kona doit aussi découvrir son nouveau monde !

Alors qu'ils étaient sur le point de remonter dans la voiture, Kona se hérissa. Jessica serra Danny plus fort dans ses bras et se rapprocha de Greyson.

— Qu'est-ce qu'il y a ? demanda-t-elle à voix basse. Qu'est-ce qu'elle voit ?

— Je n'en suis pas sûr, répondit-il en balayant la zone du regard.

Quelque chose dérangeait le chien.

Il tendit une main, rapprocha Jessica et dit :

— Si quelqu'un nous regarde, alors montrons-lui que tu n'es plus seule, déclara Greyson.

— Et c'est seulement vrai pendant que tu restes avec

moi.

Il sourit, puis se pencha pour l'embrasser sur la tempe, pour la deuxième fois maintenant. La première fois, elle avait laissé passer, plus surprise qu'autre chose. Cette fois, elle ne savait pas vraiment s'il jouait un rôle ou non.

— Pourtant, dit-il, cela fait de toi une cible bien plus difficile à atteindre qu'une femme seule avec un enfant. Tu es une proie assez facile, mais si tu as un gros chien comme celui-ci et un homme costaud à tes côtés, tous les prédateurs doivent repenser leur stratégie.

Elle grimaça.

— Ça n'a pas l'air très sympa.

— Ça n'a pas d'importance. Tant qu'ils doivent se remettre en question, il y a aussi de grandes chances qu'ils commettent des erreurs.

— Je l'espère.

Il passa un bras autour de son épaule, la serra plus fort, puis se pencha et plaqua le petit Danny sous son menton. Il était tout contre son cou.

— On dirait que ce petit gars veut rentrer à la maison.

— C'est à peu près toute l'étendue de sa patience niveau shopping, dit-elle avec un sourire.

— Parfait, s'exclama Greyson. Rentrons à la maison.

Et, alors que son regard vagabondait toujours, même en observant Greyson, elle se rendit compte qu'il avait tranquillement pris des photos tout autour d'eux. Au moins, quand ils rentreraient chez elle, ils pourraient les regarder. D'après elle, il était en train de les envoyer à d'autres personnes pour vérification.

Inquiète et un peu surprise du niveau de compétence dont il faisait preuve depuis qu'elle l'avait rencontré, elle attacha Danny dans son siège auto et, lorsque tout le monde fut installé, ils rentrèrent à la maison.

— JE VAIS m'occuper de tout décharger, mais gare-toi dans le garage. Ensuite nous fermerons la grande porte.

— J'avais la vie facile avant, quand je ne pensais pas au danger, juste à me garer devant la maison et tout décharger devant la porte d'entrée.

— En procédant comme ça, personne ne peut t'attaquer pendant que tu fais des allers-retours à la voiture.

— Encore une fois, je n'ai pas ce genre de raisonnement, dit-elle d'une voix tranquille. Ça me trouble un peu que toi tu le fasses.

— J'ai passé beaucoup d'années sur le terrain à effectuer des missions d'opérations secrètes. Il y a des choses qu'on apprend et qu'on n'oublie jamais.

— C'est un tout autre monde.

— Mon expertise travaille à ton avantage.

— Et j'apprécie beaucoup, répondit-elle en se garant dans le garage avant de refermer la porte en appuyant sur un bouton.

— Je vais installer Danny à l'intérieur pendant que tu décharges les courses.

Greyson hocha la tête, puis il ouvrit le coffre, prit tous les sacs de provisions et les emporta à l'intérieur où il les posa sur la table. Puis il ressortit, Kona sur les talons, pour prendre la nourriture pour chien. Après coup, il prit la corde avec lui et claqua le coffre.

De retour à la maison, il se souvint :

— Je n'ai pas acheté de gamelle pour chien.

— Pas nécessaire, dit Jessica en sortant un autre bol.

Il le remplit de nourriture pour chiens et le déposa à la place du bol d'eau, puis en donna de la fraîche à Kona. La chienne arriva sans perdre une minute et se précipita sur la nourriture pour chien comme si elle n'avait rien avalé depuis des jours.

— Oh, mon Dieu ! s'exclama Jessica. Je me sens si mal maintenant en la regardant.

— Kona a à manger. Ça va aller.

Il vérifia où était Danny, qu'il vit dans le salon en train de jouer avec des cubes. Puis Greyson se concentra sur les courses à ranger, tandis qu'elle retirait ses chaussures à son fils, et le petit coupe-vent qu'il portait.

— Qu'est-ce que tu veux manger pour le dîner ?

— Je ne savais pas ce que tu voulais faire de ce que tu as acheté. Je n'ai pas encore décongelé de viande.

— Faisons des saucisses ce soir, et je ferai mariner les steaks pour demain soir.

— Ça me paraît bien, dit-elle et elle le regarda sortir les saucisses, les séparer, les placer dans une assiette, puis ranger les légumes.

Il ouvrit les steaks qu'il assaisonna, puis les déposa sur une assiette qu'il couvrit d'un film plastique avant de la déposer dans le frigo.

— Apparemment, tu t'y connais en cuisine !

— Absolument. Quand on aime la bonne nourriture, et qu'on est toujours en voyage, on apprend à la faire soi-même ou à s'en passer. Dans mon cas, j'ai toujours voulu de la bonne nourriture. Il y avait de nombreux endroits où nous pouvions manger au restaurant, mais il y avait d'autres moments où nous ne devions pas être vus, et il fallait s'occuper de notre propre nourriture.

— Voilà des compétences bien utiles.

CHAPITRE 12

JESSICA SE RENDIT compte que Greyson regardait très attentivement par la fenêtre.

— Tu t'attends à ce qu'il soit là ? lui demanda-t-elle en triturant nerveusement le col de son t-shirt.

— Je ne m'attends à rien. Le fait est que Kona a été perturbée sur le parking, mais je n'ai rien vu. C'est pour ça que je prenais les photos. Je veux les étudier sur l'ordinateur portable, où je peux les agrandir, pour voir les visages en arrière-plan.

— Je pensais bien que c'était ce que tu ferais.

— Je n'ai pas vu de photos de George. Tu en as ?

— Oui, je vais chercher mon portable. Je devrais en avoir dessus.

— Tu veux que je monte avec toi ?

Elle regarda l'escalier et, rejetant ses cheveux en arrière, elle dit :

— Non. Je dois le faire.

Il hocha la tête, et la regarda monter. Elle avait à peine atteint la troisième marche que Kona était à ses côtés. Elle gratta doucement la chienne derrière l'oreille.

— Toi, je t'emmène, lui dit-elle avant que les deux se mettent à courir doucement vers l'étage.

Elle monta dans sa chambre, passa rapidement aux toilettes, se lava, prit son ordinateur portable sur le lit et redescendit. Elle montra une photo de George à Greyson.

— Elle date d'il y a environ trois ans.

Greyson mémorisa ce visage, pour pouvoir reconnaître George s'il le voyait un jour.

Jessica referma l'album photo sur son ordinateur portable.

— Heureux de voir qu'il n'y a pas eu de problème à l'étage.

— Je m'attendais presque à ce que tu fasses le tour de la maison à notre retour, plaisanta-t-elle.

— J'ai posé toutes sortes de pièges, des pièges que tu n'aurais pas vus, mais j'ai vérifié le rez-de-chaussée et aucun n'avait été dérangé.

— Quel genre de pièges ?

— Juste des choses qui me diraient si quelqu'un était entré dans la maison.

D'un côté, elle n'avait pas vraiment envie de savoir, et de l'autre…

— Et il n'y avait personne ?

— Personne.

Il se dirigea vers le comptoir et se mit à préparer les pommes de terre.

— Ça te dérange si je les fais rissoler ?

— Tu fais ce que tu veux, dit-elle en riant. C'est nouveau d'avoir quelqu'un qui cuisine pour moi. Alors je serai bien heureuse de manger tout ce que tu prépareras.

Il commença à siffler tout bas, fouillant dans les placards pour trouver les casseroles qu'il voulait, avant de remplir une poêle à frire avec les saucisses, accompagnées d'un mélange de légumes.

— Et qu'en est-il de Danny ? Il va manger de ça ?

— Il en mangera, oui, dit-elle, et nous lui couperons des

saucisses.

Le nouveau chef cuisinier alluma le four et mit le plat à l'intérieur.

— Combien de temps ça va cuire ? Je n'ai pas l'habitude de faire rôtir mes légumes.

— J'adore les légumes rôtis. Il n'y a rien de plus doux que des légumes cuisinés de cette façon. J'ai coupé les pommes de terre en gros morceaux, donc ça prendra peut-être une heure, puisque les saucisses sont assez grosses aussi.

Jessica aida à ranger le reste des provisions, et nettoya les ustensiles dont Greyson s'était servi. Dès que ce fut fait, elle annonça avec un petit sourire :

— Je pense que je vais prendre une tasse de thé et ensuite je vais sûrement m'effondrer sur mon lit pour une sieste.

— Tu vas dormir ?

— Non, c'est peu probable.

— Si tu y arrives, dis-le-moi.

— Je préfère attendre, me coucher tôt et dormir toute la nuit.

— Compris.

Il sortit son téléphone, et elle le vit envoyer tout un tas de messages.

— Quelqu'un a des nouvelles ?

— J'ai vérifié avant de partir, dit-il, et personne n'avait rien de neuf.

Elle grimaça.

— Ça va durer longtemps, pas vrai ? Elle en gémit presque.

— Eh bien, j'espère que non, mais malheureusement c'est une possibilité.

Elle joua avec Danny, lui lut une histoire, et paressa dans

la maison, profitant de la paix et du calme, sachant qu'elle était en sécurité avec Kona et Greyson, même s'il travaillait sur son téléphone pendant tout ce temps.

— Est-ce que tu es attendu au travail quelque part ?

— Non. Cette mission auprès de Kona, c'est du volontariat. Pour l'instant, je suis en train de donner des nouvelles à mes grands-parents, je leur dis où je suis.

Il n'était pas seulement surhumain, super efficace et super compétent. C'était quelqu'un qui avait des parents et des grands-parents. Elle sourit, elle adorait cette idée.

— J'ai des questions sur ce petit camion que tu conduis. Je n'ai pas l'impression que c'est ton genre de voiture.

— C'est celui de mon grand-père. Il considérerait ça comme une insulte que je ne l'utilise pas.

— Je comprends, dit-elle, et je pense que c'est très gentil.

— C'est plutôt nécessaire, car ma grand-mère me réprimande parce que j'ai aidé Grand-père à se procurer un basset, et les deux sont inséparables. Elle voulait qu'il l'emmène faire du shopping, mais il ne veut pas quitter Leo.

Jessica en rit.

— J'imagine bien, oui, dit-elle. Les animaux de compagnie sont bons pour les personnes âgées.

— Les animaux de compagnie sont bons pour tout le monde, corrigea-t-il.

— Tu n'es ici que temporairement, c'est ça ?

Il la regarda de ses yeux bleus perçants et haussa les épaules.

— En ce moment, il n'y a rien de permanent dans ma vie. Et ce que ça veut dire, c'est que toutes les options sont sur la table.

— Ce n'est pas une vie ordinaire.

— Pas nécessairement. Je touche une pension de l'armée,

l'argent rentre. Je n'ai pas encore trouvé ce que j'aurais envie de faire à plein temps.

— Tu es formidable avec la chienne, tu pourrais faire de la formation avec les animaux.

— Parfois, je songe à entrer dans les forces de l'ordre, mais le simple fait de regarder ces types travailler me rappelle pourquoi je ne veux pas m'engager dans cette voie.

— Je n'ai pas l'impression que tu gères très bien l'autorité, je me trompe ?

— Quand j'étais dans l'armée, je m'en sortais très bien, merci beaucoup.

Elle eut un petit rire.

— Ce que je voulais vraiment dire, c'est que tu as du mal à souffrir les imbéciles. Je me trompe ?

— Non, pas du tout, dit-il avec un large sourire.

Il se leva pour vérifier le plat dans le four.

— Le dîner est presque prêt, il reste peut-être encore quinze ou vingt minutes.

— Ça me va. Je ne pensais pas que j'aurais faim, mais l'odeur est délicieuse.

Elle se leva pour mettre la table, et ils mangèrent peu après.

— On dirait que je n'ai fait que manger aujourd'hui, remarqua-t-elle après avoir terminé son assiette.

— Quand on est fatigué et stressé, on a parfois besoin d'un supplément pour continuer à avancer.

— Ça, c'est toi qui le dis. Moi, je mange plus que nécessaire, parce que c'est vraiment délicieux.

Il éclata de rire.

— Et il n'y a rien de mal à ça non plus.

Il attrapa une autre saucisse qu'il mit dans son assiette. Alors qu'il allait prendre plus de légumes, les lumières de la salle à manger s'éteignirent. Elle hoqueta et le regarda. Il balaya lentement la pièce du regard.

— Ce n'est pas seulement la lumière de la salle à manger, dit-il d'une voix dure. Il n'y a plus d'électricité.

— C'est juste ma maison, non ?

— Reste assise. Ne bouge pas.

Il se leva et alla dans la cuisine, puis observa par la fenêtre.

— Ce n'est que ta maison.

— Et ça veut dire quoi ? demanda-t-elle d'une voix faible.

— Ça signifie que nous avons de la compagnie. Je veux que tu emmènes Danny et Kona dans ta chambre. Maintenant.

Elle attrapa immédiatement Danny, et Kona, qui sentait déjà qu'il y avait un problème, et était sur ses talons. Jessica gravit les escaliers jusqu'à sa chambre, puis s'assit sur son lit, serrant Danny dans ses bras, complètement terrorisée. Malgré tout, avec Kona et Greyson, ils avaient le maximum de chances de survie. Elle espérait simplement que ce serait suffisant.

IL N'Y A *que peu de raisons pour que le courant soit coupé*, se dit-il. L'une d'elles, ce serait un accident, mais dans ce cas, d'autres maisons seraient concernées. Et d'après ce qu'il voyait, la panne était isolée.

Quelqu'un avait coupé le courant dans la partie principale de la maison, ce qui serait idiot, parce qu'il n'y en avait pas besoin, et que cela ne faisait qu'alerter tout le monde que le type était revenu. Si le kidnappeur était de retour et n'était pas au courant de la présence de Greyson, il n'allait pas tarder à l'être.

Il récupéra son canif dans sa poche arrière, et le déplaça dans la poche avant où il serait un peu plus accessible. Ensuite, tenant à la main la corde qu'il avait utilisée pour Kona un peu plus tôt, il traversa lentement l'étage inférieur, en jetant un coup d'œil à chacune des fenêtres pour voir qui et quoi pouvait se déplacer à l'extérieur. Évidemment, il n'y avait pas un mouvement. Tout était extrêmement calme dehors.

Greyson envoya rapidement un message à Badger et à la police pour les avertir qu'il allait inspecter les environs à la recherche d'un intrus. Dans son esprit, personne ne s'y intéresserait vraiment au poste de police, car ce n'était pas encore un vrai problème. Il ne voulait pas laisser passer ça.

Badger l'appela immédiatement.

— Surveille tes arrières.

— C'est déjà en cours, mais je ne suis pas très à l'aise pour le moment.

— Tu as déjà alerté la police ?

— Je l'ai fait. Pas certain qu'ils en aient quelque chose à faire. Je suis presque sûr qu'ils pensent que nous ne sommes qu'une source d'ennuis.

— Je vais les contacter, dit Badger. Assure la sécurité de ce petit garçon.

— J'ai prévu d'assurer notre sécurité à tous, et si Kona a envie d'un os de jambe frais à ronger, ça me va.

Et il le pensait. Il en avait assez que cette ordure tourmente Jessica et Danny. Il raccrocha et se glissa à l'étage pour avertir Jessica.

— Reste ici avec Kona et Danny. Je vais faire un tour rapide de la propriété. Je reviens tout de suite.

— Dans combien de temps ? lui demanda Jessica, dont la peur se lisait dans le regard et s'entendait à sa voix.

— Accorde-moi quinze minutes. Je reviendrai.

JESSICA FIT COMME on lui demandait et patienta. Un quart d'heure pouvait paraître extrêmement long dans cette situation. Finalement, juste au moment où les lumières se rallumaient, Greyson lui envoya un message pour dire qu'il était devant les portes-fenêtres. Elle se faufila en bas pour lui ouvrir.

— Rien ?

Il secoua la tête.

— Rien. J'ai aussi vérifié le poteau électrique, et ton compteur extérieur. Il avait été coupé. J'ai remonté l'interrupteur, alors tu as de nouveau du courant.

— Mais tu n'as pas vu Frank ni aucune preuve qu'il était là ?

— Non.

— Tu aurais dû prendre Kona avec toi, dit Jessica, dont la peur se ressentait toujours.

— Je ne vous laisse pas sans garde, Danny et toi.

— Qu'est-ce qu'on fait maintenant ?

— On attend qu'il revienne.

GREYSON SE DISAIT que Frank avait éteint les lumières pour le repérer. À présent, il avait la certitude de sa présence dans la maison. Et Frank savait nécessairement que cela signifiait que Kona était là aussi. Greyson s'attendait donc à un véritable assaut à la prochaine apparition de Frank. Pendant des heures, il resta sur le canapé après le dîner, mais sans oser dormir. Frank rôdait dehors, attendant le bon moment pour en profiter.

Puis Greyson l'entendit.

Le craquement d'une brindille.

Il attendit le second bruit révélateur de l'approche de Frank pour envoyer deux messages, un à la police locale, et l'autre à Badger. Encore.

Il fourra son téléphone dans sa poche et se dirigea vers le bruit de l'autre côté de la maison. En haut des escaliers, Kona était sur le qui-vive, les poils de son dos et de son cou complètement dressés. Elle le fixait, attendant qu'il donne l'ordre. Il mit un doigt sur ses lèvres et dit « Silence ».

Il parcourut le rez-de-chaussée de la maison. Lorsqu'il atteignit les portes-fenêtres à l'arrière de la maison, il vit une ombre se déplacer dans le jardin. Il la regarda se fondre dans la verdure sur le côté gauche.

— C'est complètement stupide. Et cette erreur causera sa perte.

Au moment où l'intrus atteignait l'endroit où il n'y avait plus d'arbres contre la maison sur plusieurs mètres, Greyson se faufila vers la porte de la buanderie. La poignée tourna. La porte était verrouillée. Kona le rejoignit.

Ils attendirent.

CHAPITRE 13

JESSICA SE REVEILLA en sursaut. Elle n'avait pas eu l'intention de s'assoupir, mais, après que Danny se soit endormi, elle avait eu du mal à rester éveillée.

La femme tendit l'oreille. Danny était toujours recroquevillé près elle. Elle passa un bras autour de lui pour le serrer contre elle, déposa un tendre baiser sur son front et chuchota :

— Ça va aller, mon chéri, tout ira bien.

Du moins, elle l'espérait.

Juste à ce moment-là, elle entendit un grognement doux. Aussitôt, des alarmes se déclenchèrent dans sa tête. Elle s'assit dans le lit, glissa les jambes sur le côté et se leva. Elle s'approcha de la fenêtre et jeta un œil dehors en restant derrière le store. Elle ne voyait rien, mais devina qu'il était bien plus de minuit. En fait, il était 2 h 35 du matin.

À la sortie de sa chambre, du haut des escaliers, elle vit Kona sur ses gardes. La chienne était tendue et patientait. Jessica regarda dans le coin pour apercevoir Greyson. Il leva les yeux et posa un doigt sur ses lèvres.

— Silence.

Elle acquiesça. Il pointa du doigt l'extérieur, et elle comprit qu'ils avaient un visiteur. Encore.

Angoissée, elle retourna auprès de Danny, se demandant si elle devait le prendre et se cacher avec lui dans le placard.

Un Danny endormi était une chose, mais un Danny réveillé et grincheux était une tout autre histoire. Elle devait assurer sa sécurité… Comment était-elle censée assurer sa sécurité ?

Il y avait quelque chose de merveilleux dans le fait de savoir que les autres veillaient sur elle. Elle s'était sentie tellement seule pendant si longtemps, et elle ne l'avait même pas compris avant que Greyson n'entre dans sa vie. Cela faisait à peine quelques jours qu'elle le connaissait, et il avait totalement changé sa perspective.

Intérieurement, elle avait l'impression de le connaître depuis toujours. C'était un protecteur né, l'un de ceux sur lesquels on pouvait compter en cas de besoin, comme il l'avait déjà prouvé à maintes reprises. C'était une chose qu'elle n'avait pas eu la chance d'avoir avec son ex-mari. Ce qui la ramenait à la question de savoir qui pouvait faire ça. Ça n'avait aucun sens que George ait payé Frank pour faire tout ça.

Jessica attendit de voir si quelque chose se passait en bas. Incapable de s'en empêcher, elle se leva pour passer de fenêtre en fenêtre, regardant dehors sans rien voir. Quand Kona revint dans la chambre et s'allongea au pied du lit, elle sut que le danger qui l'avait alertée était à présent passé. Elle s'approcha de la chienne, se pencha et la caressa doucement à l'arrière de la tête. Quand elle se retourna, Jessica lui frotta le ventre aussi.

Elle se figea en entendant des bruits de pas, mais Kona n'était pas du tout préoccupée. C'était Greyson.

— Qui était là ?

— Un homme, dit-il, la voix rauque. Probablement Frank. Je l'ai vu sortir du couvert des arbres en direction de la maison. On aurait dit qu'il allait entrer, mais il a disparu. Quelque chose l'a fait fuir.

— Ou alors il est dehors, à attendre.

— C'est très possible, mais les choses sont complètement différentes maintenant. Et regarde Kona.

— Comme s'il était parti ?

— Du moins pour le moment, en tout cas. Il est probable qu'il nous ait aperçus, l'un ou l'autre. Tu étais à la fenêtre ?

— Oui. J'essayais de voir ce qu'il y avait dehors.

— Ç'a pu suffire à le faire détaler.

— Est-ce qu'on pourrait lui tendre un piège, ou quelque chose comme ça ? L'avoir pour de bon cette fois ?

— C'est ce que j'espère.

Il avait sorti son téléphone et envoyait des messages.

— Qui est-ce que tu contactes ?

— Badger et l'inspecteur d'ici.

— Est-ce qu'au moins l'inspecteur en a quelque chose à faire ?

Elle s'assit à nouveau avec précaution sur le lit, en essayant de ne pas réveiller Danny. Ce n'est pas comme si les policiers avaient fait une ronde ou quoi que ce soit, même après tout ce qui s'est passé au cours des dernières quarante-huit heures.

— Ça n'aurait pas aidé qu'ils le fassent. Réfléchis. Ce type aurait tout simplement coordonné son arrivée avec le départ des flics. À ce moment-là, il aurait su qu'il avait au moins une heure devant lui avant qu'ils reviennent.

Elle hocha lentement la tête.

— Je suppose que le seul moyen de l'arrêter est d'avoir quelqu'un à l'intérieur de la maison en train de l'attendre ?

Il leva brièvement les yeux, puis sourit :

— C'est exactement ce que je fais.

— J'espérais le garder à l'écart de Danny, dit-elle en regardant le garçon endormi sur son lit.

— L'autre option, c'est de te faire sortir d'ici sans qu'il le sache, et ensuite monter un piège à l'intérieur pour l'attraper.

— J'aime cette idée, répondit Jessica, mais je ne sais pas où j'irais. Et si ça ne fonctionnait pas, il saurait que nous l'attendions.

— Il le sait déjà, dit-il. Il n'a pas non plus cherché à cacher ses traces à l'extérieur, alors au départ je me disais qu'il n'était pas très malin. Je pense avoir eu tort. Je pense qu'il s'en fichait. Je crois qu'il savait que nous étions là, et, dès lors, il a augmenté le niveau de jeu.

— Quel jeu ? demanda-t-elle, déconcertée. Comment peut-on jouer avec ma vie comme ça, ou celle de mon fils ?

— Est-ce qu'il y a eu quelqu'un d'autre dans ta vie ces deux dernières années, depuis que tu t'es séparée de George ?

— Tu veux dire, est-ce que j'ai eu une relation ?

— Oui. Ou même un ami proche, mais qui aurait voulu être plus ?

— Oh, dit-elle, plongée dans ses pensées.

— Qu'est-ce qu'il y a ?

Hésitante, elle finit par parler.

— Mon beau-frère, dit-elle lentement. Il m'a beaucoup aidée à m'éloigner de mon ex-mari.

Quand elle eut prononcé ces mots, Greyson leva lentement les yeux sur elle.

— Et pour quelle raison ferait-il une chose pareille ?

— Parce qu'il savait que le mariage était terminé, expliqua Jessica. Mon ex-mari voulait aussi que je quitte la maison.

— Donc ce beau-frère t'a aidée à emménager ici ?

Elle hocha lentement la tête.

— Oui, je t'ai dit qu'un bon ami m'avait aidée. C'était

lui.

— Il est entré dans la maison ?

Elle acquiesça à nouveau.

— Quand l'as-tu vu pour la dernière fois ?

— Ça fait un bout de temps. On s'est un peu disputés, et ensuite il est parti, et je ne l'ai plus revu après ça.

— Et la dispute ? C'était à quel sujet ?

Elle le regarda, et se mit à rougir doucement.

— Il… il voulait plus que ce que je pouvais lui donner, dit-elle lentement.

— D'accord… Donc potentiellement, il t'a aidée à déménager ici, en pensant qu'il pourrait prendre la place de son frère. Vous vous êtes disputés, et il est parti. Qu'est-ce qui aurait déclenché son retour dans ton monde ?

— Tu cherches la petite bête, dit-elle avec espoir. C'était il y a longtemps, au tout début de notre séparation. Je ne peux pas imaginer qu'il puisse faire une chose pareille.

— Tu n'en sais rien.

Elle haussa les épaules et répondit :

— Non, effectivement. Je n'en sais rien du tout. Rien de tout cela n'a de sens pour moi. Je ne comprends pas. Pas du tout.

— Quel est le nom du frère ?

— Jensen, répondit-elle. Il s'appelle Jensen Barrack.

— Alors il y a George et Jensen ?

Elle acquiesça.

— Ils ne sont que deux.

— Qu'est-ce qu'il faisait dans la vie ?

— Il était dans l'armée. Il a eu une permission, s'est rendu compte de la situation de mon mariage et a proposé de m'aider à déménager, alors j'ai accepté. Je l'avais vu plusieurs fois pendant les deux années où j'étais mariée, et nous étions de bons amis. Il était plus proche de moi en âge que mon ex-mari, de toute façon.

— Que pensait ton ex-mari de votre relation ?

— Je pense qu'il a toujours considéré son petit frère comme un raté.

— Quel est le rapport entre ce Frank et le frère ?

— Je ne sais pas s'il y en a un. Pourquoi y en aurait-il ?

— Eh bien, il a aussi un passif militaire.

Il sortit son téléphone et recommença à envoyer des messages.

— Tu es toujours sur ce truc, lui fit-elle remarquer. Je n'arrive pas à comprendre de quoi tu peux parler.

— Je cherche des liens entre Franck, le mec qui a kidnappé Danny, et ton beau-frère. Et, au fait, est-ce que tu es vraiment divorcée ?

Elle hocha la tête en silence.

— Est-ce que le sujet du bébé a été abordé ?

— George n'en a pas fait mention aux avocats quand nous avons demandé le divorce. Un ami avocat s'est occupé de tout pour moi, il a rédigé les papiers comme je le voulais. Je récupérais Danny. George tout le reste. Même après que George a contacté les avocats il y a environ trois mois, en disant qu'il voulait maintenant Danny, la paperasse n'a pas changé. Cela me convenait parfaitement.

— C'est intelligent de traiter avec les avocats plutôt qu'avec son ex. Ça évite les tensions, je parie.

— Je voulais être libre. Cela ne fait pas si longtemps que les papiers ont été finalisés. Je viens de recevoir ma copie.

Peut-être que c'était dans sa voix, ou dans ses mots, mais il s'arrêta, la regarda, et demanda :

— Depuis combien de temps as-tu reçu les papiers ?

Elle consulta le calendrier de son téléphone, essayant de

se souvenir.

— Peut-être il y a un mois ?

Greyson se frotta la figure en envisageant les différentes possibilités.

— Et il y a un peu plus de trois semaines, tu as un accrochage avec quelqu'un qui dit que c'est une menace de ton ex-mari ?

— Oui, confirma-t-elle, mais c'est sûrement une coïncidence.

— Non, pas à si peu de distance, lui dit-il. Je n'y crois pas beaucoup. En tout cas, pas ce genre de coïncidences.

— Alors quoi ? C'est le destin ?

— Un déclencheur, dit-il, le regard dans le vide. Il me faut quelques informations. Pourquoi ne pas t'allonger et dormir un peu ?

— Je ne crois pas pouvoir dormir maintenant, lui dit-elle d'une voix pleine d'émotion.

Il marcha jusqu'au lit, s'assit doucement sur le bord, pour ne pas déranger Danny qui dormait, et s'adossa à la tête de lit.

— Détends-toi et dors tant que tu le peux. Je te préviendrai s'il se passe quelque chose d'important.

Elle se recroquevilla par-dessus les couvertures. Avec une petite exclamation étouffée, il se leva, attrapa une couverture sur le pied de lit et l'étendit doucement sur elle.

Elle lui sourit et remarqua :

— Maintenant, je me sens comme une enfant de deux ans.

Immédiatement, il murmura une réponse :

— Mais tu n'en as pas l'air, et tu n'en donnes pas l'impression.

Elle ouvrit les yeux et le regarda fixement.

— Est-ce que tu viens de flirter avec moi ?

— Non, répondit-il, je ne sais pas faire ce genre de choses.

— Eh bien, j'ai un scoop pour toi. Tu flirtais avec moi, dit-elle avec un sourire.

— Et qu'est-ce que ça ferait, si c'était le cas ? l'interrogea-t-il avec malice.

— Ça fait longtemps… mais je dois avouer que je pourrais moi aussi me mettre à flirter.

— N'hésite pas, répondit-il. Ça fait un bout de temps pour moi aussi. Je ne suis même pas sûr de savoir encore à quoi ça ressemble.

Jessica s'endormit, le sourire aux lèvres.

GREYSON LES OBSERVAIT tous les deux, s'étonnant que ses cordes sensibles soient tirées à ce point. Il y avait eu un déclic avec Kona, et puis cette femme magnifique et son fils très spécial étaient des bonus supplémentaires. Ce n'était pas du tout ce à quoi il s'attendait dans sa vie.

D'un autre côté, il était venu sans aucune attente, et c'était sans doute la raison pour laquelle il était totalement ouvert. Il était inenvisageable qu'il laisse quoi que ce soit leur arriver à tous les deux. Pas alors qu'il désirait non seulement veiller à leur sécurité, mais aussi savoir si cette relation entre eux avait des bases pour aller plus loin. À ses yeux, il y avait beaucoup de potentiel, et cela pourrait aller très loin. Mais avec le danger qui rôdait, il devait rester prudent. Du moins, c'était ce qu'il faisait dans son esprit. Il connaissait pas mal de gens qui l'auraient déjà amenée dans leur lit. Lui voulait plus.

Et c'était une tout autre histoire. Il fronça les sourcils,

car jamais il ne s'était imaginé vouloir une relation à long terme. Il était un peu en vrac, sans s'en soucier. Elle n'était pas au courant pour sa prothèse, et ce pourrait être un tournant pour elle. Ou pas.

Il remua dans le lit, regrettant de ne pas avoir pris son ordinateur portable avec lui. Le téléphone était pratique, mais ç'aurait été beaucoup plus facile avec l'ordinateur.

Les messages arrivaient rapidement. Il les passa en revue, et apprit que le beau-frère et Frank s'étaient connus à l'armée. Ce qui était également confirmé par le contenu du téléphone de ce dernier. Ce qui n'incriminait pas forcément Jensen, mais il était possible qu'il ait parlé de l'ex-femme de son frère, et que cela ait suffi à déclencher quelque chose chez Frank. Surtout s'il était de retour avec des problèmes psychologiques. Frank aurait pu s'approprier la situation et se voir comme le prochain partenaire de Jessica ou quelque chose comme ça. Ou peut-être que Frank détestait les femmes et lui reprochait d'avoir rompu avec le frère de Jensen. Ou peut-être n'avait-il pas besoin d'autre motivation que l'argent.

Mais ensuite arriva l'e-mail expliquant l'élément déclencheur.

Il lut le message de Badger et l'appela. Il se glissa hors du lit et s'avança vers la fenêtre.

— Tu es sûr ?

— Absolument sûr. Son ex-mari, George, est décédé il y a peu de temps.

— De quoi ?

— Un anévrisme cérébral. Il était à un séminaire et s'est effondré sur le sol. Il était parti trente-six heures plus tard.

— Donc les papiers devaient déjà être signés à ce moment-là.

— C'est possible, dit Badger, mais tu sais quoi ? C'est un point important. Son frère aurait aussi bien pu falsifier les documents.

— Quelqu'un devrait s'y intéresser et voir s'il existe un testament. Parce que George a un fils, et qu'il laisse une femme derrière lui. Selon la date de sa mort, ils étaient séparés, mais peut-être pas divorcés.

— Il faudrait encore qu'un juge valide la décision finale de divorce.

— Mais depuis combien de temps est-il mort ?

— Trois mois.

— *Hum.* C'est peut-être l'attente des faux papiers qui a déclenché tout ça.

— Il voudrait reprendre la vie de son frère ? Y compris la même femme ? C'est assez dingue, même pour certains types de notre connaissance.

— Tu sais aussi ce que c'est quand ta vie part en sucette et quand tout ce qui te reste, c'est de te concentrer sur un élément, et là, ça t'obsède. J'ai connu un cas comme ça avec un gars qui est revenu. Il était tellement obsédé, pensait que sa femme avait une liaison, qu'elle n'avait pas le droit d'aller à l'épicerie. Elle avait le droit de ne rien faire, pas même de parler à ses amies, car il était persuadé qu'elles n'étaient qu'un prétexte pour qu'elle ait une liaison dans son dos. Il a fini par la tuer.

— Oui, malheureusement, les actualités ne manquent jamais de sujets aux histoires similaires, mais nous sommes loin de pouvoir conclure que c'est le problème ici.

— Je pense comme toi. Il nous faut des informations.

— Je m'en occupe. Tu veilles à sa sécurité.

— Ils sont tous les deux en train de dormir. En fait, ils dorment tous les trois, corrigea-t-il en se tournant vers le lit.

— Toi aussi tu as besoin de dormir. Tu te souviens ?

— Je n'en ferai rien tant que je serai de garde. Le gars est venu ici ce soir, deux fois, et il va revenir. Nous le savons.

— Tu seras prêt, le rassura Badger. Ce n'est pas tout à fait ce à quoi nous nous attendions en t'envoyant chercher Kona.

— Non, mais Kona était elle-même en mission. Celle d'assurer la sécurité de ces deux-là. Je vais avoir du mal à la faire partir d'ici. Elle a choisi sa propre mission en se basant sur sa formation militaire. La seule chose que je puisse faire, c'est l'aider à l'accomplir.

— Toi aussi tu as un intérêt personnel dans cette affaire.

— Je ne m'y attendais pas, mais ouais, tu as raison. Je crois bien que oui.

— Kat l'avait prédit. Nous avons eu une chance incroyable sur ces dossiers K9. Tous les hommes seuls qu'on a envoyés ont fini avec une partenaire.

— Je ne m'attendais pas vraiment à trouver une partenaire. Ce n'était pas du tout ce que je cherchais.

— Je ne pense pas que ça ait tellement d'importance, parce que tu suis la même voie.

— Non, non, non. Ne t'engage pas là-dedans pour le moment. Je ne crois pas que ce soit vrai. Pour l'instant, tout ce que je fais, c'est m'occuper d'une femme vraiment effrayée, dont l'enfant a déjà été kidnappé une fois.

— Kona l'a déjà choisie pour toi.

Et sur ces mots, il raccrocha.

Greyson fixa le téléphone et dit :

— Non, non, ce n'est pas cool…

Une voix murmura dans son dos :

— Qu'est-ce qui n'est pas cool, chéri ?

Il se raidit en entendant le mot affectueux, puis sourit

quand il se retourna et la vit cligner des yeux comme un hibou. Il s'approcha et posa doucement une main sur son épaule.

— Rendors-toi, ma douce.

Elle sombra à nouveau, sourit, et lui dit :

— D'accord.

Il voyait bien qu'elle n'avait pas fait assez surface pour être vraiment réveillée. Il se pencha vers elle, lui déposa un doux baiser sur la tempe, et se demanda si Badger avait raison. Greyson avait déjà reconnu qu'il aimerait voir où cela irait.

Il se dirigea vers le bout du lit, où Kona le regarda fixement, ses énormes yeux couleur chocolat s'interrogeant sur ce qu'il faisait.

Il se pencha pour caresser doucement le cou du chien.

— Tu n'es pas innocente dans cette histoire, n'est-ce pas ?

Kona agita la queue à plusieurs reprises.

Il sourit.

— C'est tout bon, dit-il. Tu es meilleure pour choisir les gens que tu ne le croyais.

Kona aboya doucement et se blottit contre lui.

— Je sais que nous ne nous connaissions pas non plus, mais apparemment, te trouver m'a peut-être apporté une famille toute faite.

Ce qui lui fit penser au reste de sa famille. Il était un peu plus de sept heures trente, et Greyson savait que ses grands-parents ne dormaient pas beaucoup, alors il prit son téléphone pour appeler son grand-père.

— Où es-tu, mon garçon ?

— Tu as besoin de récupérer ton camion ? lui demanda-t-il en souriant.

— Non. Je veux m'assurer que tu es en sécurité.

— Je suis toujours avec le chien… et la femme. Elle est harcelée et son enfant a été kidnappé, dit-il, avec une note d'humour incrédule dans la voix.

Il y eut un silence à l'autre bout du fil avant que son grand-père ne reprenne la parole.

— Elle est jolie ?

— Très.

— Quel âge a le garçon ?

— Environ dix-huit mois.

— Je présume que tu vas garder le chien, et je te suggère de la garder aussi. Amène-les à la maison. J'aimerais les rencontrer. Son grand-père raccrocha.

Lorsque son téléphone vibra quelques secondes plus tard, il baissa les yeux et vit que c'était lui qui rappelait.

— Qu'as-tu oublié ?

— J'ai oublié de te dire que tu peux continuer à utiliser le camion. Ne te sens pas coupable, et ne prends pas la peine d'en louer un autre. Ce ne serait qu'un gâchis d'argent, et tu es en charge d'une famille maintenant. Tu dois économiser chaque centime. En parlant de ça, il te faut une nouvelle carrière aussi.

Et il raccrocha de nouveau.

Greyson regarda son téléphone avec étonnement. Le simple fait qu'il soit ici avec elle ne lui attribuait pas instantanément une famille et ne faisait pas de lui un chef de famille, quoi qu'en dise son grand-père. Quand le téléphone sonna encore, et qu'il répondit, c'est à sa grand-mère qu'il s'adressa cette fois.

— Je suis absolument ravie pour vous, mon chéri, minauda-t-elle d'une voix claire. Cela fait très longtemps que nous attendons ça.

— Je viens de la rencontrer, grand-mère.

— Oui, je sais, dit-elle, c'est parfait. C'est absolument parfait, et le timing est merveilleux. Je ne pourrais pas être plus heureuse, et, comme ton grand-père l'a dit, amène-la, nous sommes impatients de la rencontrer, elle et son fils.

Et puis elle lui raccrocha au nez aussi.

Il fixa son téléphone et marmonna :

— Est-ce que le monde est devenu fou ?

— Absolument, dit Jessica, en le regardant fixement. C'était quoi, ces conversations ? J'en ai entendu une partie.

Mutique, il la regarda fixement, jusqu'à ce qu'elle pose à nouveau la question.

— Qui était-ce ?

— Eh bien, les deux premiers appels, c'était mon grand-père, dit-il d'un ton sec en marchant vers elle. Le dernier, c'était ma grand-mère, qui m'appelait pour me dire qu'elle était absolument ravie que j'aie une famille toute faite.

Il vit Jessica hausser brusquement les sourcils.

— Pardon ?

— C'est ce que j'essayais de lui expliquer, dit-il en agitant le téléphone dans sa main. Mais elle ne voulait pas écouter.

À ce moment-là, Jessica se mit à rire.

— Eh bien, j'ai l'impression qu'ils n'ont pas tout compris.

— Eh bien en fait, si, et… non, dit-il en s'asseyant sur le lit à côté d'elle.

Il tendit la main et entrelaça ses doigts avec ceux de Jessica, puis leva sa main pour observer ses ongles parfaitement manucurés.

— Ils ont raison sur un point. Je suis définitivement intéressé.

Elle le regarda, sans mot, mais ses yeux étaient énormes.

Il sourit.

— Évidemment, les circonstances sont loin d'être idéales, mais depuis que je t'ai vue pour la première fois, je ne peux m'empêcher de penser à toi.

— Depuis notre rencontre, je n'ai fait que t'apporter des *emmerdes,* chuchota-t-elle en jetant un regard à Danny pour s'assurer qu'il dormait, et toi, tu n'as fait que veiller sur moi.

— Oh, je sais bien, approuva-t-il, mais je l'ai fait parce que je le voulais bien. Nous sommes sur le point de sortir de ce dangereux cauchemar, même si ce n'est pas encore tout à fait le cas, je n'ai pas envie de partir.

— Ce sont sûrement les circonstances… dit-elle sans terminer sa phrase.

Il nota le doute dans sa voix, et il avait envie de lire un certain intérêt dans son regard, et un peu d'espoir de sa part.

— Ça fait longtemps que je n'ai pas eu de relation, avoua-t-il. Un accident grave, une blessure et des mois et des mois de thérapie pour enfin retrouver mon corps ne sont pas des moments propices aux relations.

Elle serra de nouveau ses doigts.

— Je suis navrée que tu aies eu à traverser tout ça.

— Moi aussi, mais c'est derrière moi. Quand j'ai été blessé, j'ai repoussé mes grands-parents.

Contrairement à ce dont il s'attendait, il vit de la compréhension dans son regard.

— Comment se fait-il que tu ne me dises pas que c'était une chose horrible à faire ?

— Parce que, pendant ma séparation, mon divorce et toute cette histoire de déménagement loin de mon ex-mari, expliqua-t-elle, je n'ai rien dit à ma mère ni à ma sœur non plus.

— Pourquoi pas ?

— Parce que ma mère est complètement gaga de mon ex, et, encore maintenant, elle veut que je l'appelle, que je m'excuse, et que je retourne avec lui. Et ma sœur ? Eh bien, ma sœur essaie d'éviter de se retrouver au milieu parce qu'elle ne peut pas supporter ma mère non plus. Elle m'a dit que j'aurais dû le quitter beaucoup plus tôt.

CHAPITRE 14

JESSICA RIT EN voyant l'expression de Greyson. Il y avait quelque chose d'apaisant et d'intimidant dans cette conversation au petit matin. Comme pour lui, cela faisait longtemps pour elle. Sa dernière relation en date avait été celle avec son mari, et elle n'était pas sûre d'être prête à emprunter à nouveau cette voie. Du moins, elle ne l'était pas avant de rencontrer Greyson.

— C'est drôle la façon dont nous réagissons quand nous sommes stressés, hein ? souleva l'homme.

Elle le regarda caresser doucement sa main de haut en bas à l'aide du bout de son pouce. C'était à la fois délicieusement érotique et réconfortant, mais elle ne comprenait pas comment cela pouvait être les deux en même temps. Elle attrapa son pouce.

— Je crois que nous nous terrons comme des animaux, et essayons de nous cacher, déclara-t-elle. C'est ce que j'ai fait. Je ne pensais qu'à me protéger. J'étais enceinte de Danny, et je ne pouvais qu'essayer de me cacher de tout le monde pour ne pas être blessée, et ainsi accoucher de mon fils en paix.

— L'instinct de nidification entre aussi en ligne de compte.

— J'ai lu une étude qui montrait qu'un pourcentage très élevé de femmes enceintes déménageaient pour essayer de trouver un endroit meilleur que celui où elles se trouvaient avant la grossesse. Une partie de cet instinct de nidification. Bon, cet endroit n'était certainement pas aussi chic que le précédent, mais c'était privé, et j'étais seule. Et à l'époque, cela me convenait parfaitement.

— Ça a dû être difficile.

Elle opina, son cœur plein de souvenirs douloureux.

— Je pense que c'est la perte de mes projets et rêves futurs qui me fait le plus mal. Le fait qu'il ne se soit pas soucié de mon fils et qu'il n'ait pas pu l'aimer, qu'il ait rejeté son propre enfant et qu'il n'ait pas voulu entendre parler de lui… alors que je pensais au départ qu'il aurait fait un père formidable… ça m'a terriblement blessée.

Greyson regarda leurs mains jointes et fronça les sourcils.

— Qu'est-ce qu'il y a ? lui demanda-t-elle.

Il regarda le petit garçon et lui dit :

— J'ai des nouvelles.

Aussitôt, elle sentit tout son corps se tendre, et l'intimité du moment s'estompa.

— Quelles nouvelles ?

— Ton beau-frère et Frank se sont connus à l'armée. Nous ne savons pas vraiment ce qu'ils faisaient pendant leurs congés, ni même s'ils prenaient des temps de repos ensemble, mais ils faisaient partie de la même unité.

— Je n'aurais jamais pensé que quelque chose comme ça était possible.

— Nous ne savons pas non plus si l'un d'entre eux, ou les deux, ont pu rentrer chez eux avec, tu sais, des blessures ou des problèmes psychologiques dus à leur séjour à l'étranger. Concrètement, cela pourrait avoir un effet important sur la question.

— J'ai entendu dire que la plupart reviennent différents.

— Mais *différents*, ça peut vouloir dire beaucoup de choses, lui dit-il doucement. Ça peut vouloir dire bon ou mauvais.

— Je sais. J'essaie juste de comprendre ce qu'il pourrait y avoir de bon dans tout ça.

Il attrapa sa main libre dans la sienne, de sorte qu'il tenait les deux. Il inspira profondément avant de poursuivre :

— Il y a une autre nouvelle.

Elle le regarda, surprise.

— Tu as été occupé, à ce que je vois, lui dit-elle dans une vaine tentative d'humour.

Il hocha la tête.

— Effectivement. Le fait est que je ne sais pas si c'est une bonne ou une mauvaise nouvelle, mais qu'il va falloir entièrement reconsidérer ce qui a pu se passer ici.

— Dis-moi. Je ne peux pas affronter une situation si je ne la connais pas.

— D'accord. Ton ex, George, est mort, dit-il sans ambages.

Elle le dévisagea, visiblement choquée.

— Quoi ?

— Depuis environ trois mois, apparemment.

— Comment est-ce possible ?

— Il a fait une rupture d'anévrisme et s'est écroulé pendant une conférence. D'après mes informations, il est mort trente-six heures plus tard.

Elle le dévisageait toujours.

— Personne ne m'a contactée.

— Ils ne savaient peut-être pas comment faire, lui rappela-t-il. Et s'ils n'étaient pas au courant pour Danny, le plus proche parent de George à ce moment-là, c'était son frère.

— C'est vrai, répondit-elle en s'écroulant sur le lit. Jensen était proche de son frère, donc logiquement c'est lui qui a dû être appelé.

— Exactement, et ça aurait aussi pu être le déclencheur de tous ces événements.

— Mais les papiers du divorce ? dit-elle en fronçant les sourcils.

— Voilà un autre dossier que j'étudie. Il faut qu'on vérifie si c'est bien George qui les a signés, ou si c'est Jensen.

— Mais alors… le divorce… elle n'acheva pas sa phrase.

— C'est pour cette raison que j'ai demandé à mon équipe de vérifier s'il y avait un testament enregistré quelque part.

— Bon sang.

Elle voulut détacher ses mains de lui pour pouvoir se frotter le front et les yeux, mais il tenait bon. Elle baissa les yeux sur leurs mains jointes, puis les releva sur lui.

— C'est beaucoup de choses à gérer pour moi.

— Je sais. L'une des possibilités que je dois envisager, c'est que peut-être nous n'avons pas affaire qu'à un seul homme. Il est possible que Frank ait eu l'aide de Jensen.

— Je ne comprends toujours pas. Je n'y comprends rien.

— Il y a une autre vilaine vérité… Il est fort possible que dans son testament, George vous ait tout laissé, à toi et ton fils. Peut-être qu'il n'a jamais changé le testament après votre séparation. Une autre possibilité c'est qu'il ait tout légué à ton petit garçon et qu'en tant que tutrice, et que tu aies le contrôle sur tout l'argent dont disposait ton ex-mari. En supposant qu'il possédait quelque chose.

Greyson la regarda à son tour, sa question non formulée bien présente sur son visage.

— Il était aisé, pas super fortuné. La maison était remboursée. Quand j'y ai emménagé, elle lui appartenait déjà.

J'ai déménagé quand nous nous sommes séparés, donc il avait toujours la maison, et son frère le savait forcément. George conduisait une voiture de sport, une Mercedes, et je crois qu'elle était également payée. Il était de ceux qui prévoyaient une retraite anticipée, donc je me doute qu'il aura mis de côté une bonne partie de l'argent à la banque.

— Tu es parti sans rien.

Elle hocha lentement la tête.

— Je voulais garder mon fils.

— C'était quelque chose qu'il respectait, au moins. Nous essayons de retrouver les avocats impliqués dans le divorce, et ceux qui auraient pu avoir le testament le plus récent de George, s'il y en a un.

— Il y avait un testament. Encore une fois, c'était le genre de personne qui prévoyait tout. C'est pour ça qu'il s'est mis tellement en colère à cause de ma grossesse. Ça ne faisait pas partie de son plan.

Elle vit son regard se diriger vers Danny et s'adoucir à la vue du bambin qui dormait à ses côtés.

— J'ai du mal à comprendre que quelqu'un pourrait ne pas aimer un petit gars comme ça.

— Ç'a été la chose la plus difficile à accepter pour moi après notre séparation. Il me paraissait presque impossible que quelqu'un n'aime pas Danny autant que moi. Personne d'autre ne peut comprendre l'amour d'une mère.

Il tourna à nouveau les yeux vers elle.

— *Personne d'autre ne peut comprendre ?* J'ai comme l'impression que c'est ta mère qui parle, là.

Elle sentit la flèche dans son cœur s'enfoncer.

— Comment as-tu deviné ?

— *Personne d'autre ne t'aimera jamais. Tu seras une mère célibataire qui sera toujours en difficulté. Tu resteras seule pour toujours. Tu devrais retourner chez ton mari et faire de ton mieux,* dit-il dans une imitation grossièrement exagérée de la voix d'une vieille dame.

Elle avait envie d'en rire, mais ses paroles étaient un peu trop réalistes.

— Elle pense *toujours* que je devrais retourner auprès de lui. Il est mort depuis des mois. Donc, en d'autres termes, ce n'est pas non plus lui qui a passé tous ces appels téléphoniques.

— Non, mais j'attends la confirmation de la mort de George, car on a déjà vu des gens simuler la leur.

— C'est si difficile à comprendre.

C'était un véritable casse-tête pour elle.

— Ne te préoccupe pas de ça pour le moment, la réconforta-t-il. Laissons-nous le temps de digérer ces informations, nous en aurons d'autres au fil des jours.

Il se tourna vers Danny qui remuait dans son sommeil.

— Combien de temps va-t-il dormir ?

— Je ne pense pas que cela va durer longtemps, surtout que nous nous sommes couchés plus tôt que d'habitude, dit-elle, mais ces deux jours ont été plutôt stressants.

— Ça, c'est sûr.

Le petit bonhomme remua. Jess l'embrassa sur la joue.

— Bonjour, rayon de soleil.

Il ouvrit les yeux et gazouilla en la regardant. Son cœur débordait d'amour lorsqu'elle le prit dans ses bras et le serra contre elle. Elle regarda Greyson se lever.

— Ça te dérange si je prends une douche rapide ?

— Bien sûr que non, répondit-elle. Fais comme chez toi, je t'en prie.

Il hocha la tête, se dirigea vers le placard du couloir et la regarda encore.

— Je peux prendre une serviette ?

Elle acquiesça.

— Est-ce qu'au moins tu as des vêtements de rechange ?

— J'en ai. J'ai apporté un sac avec moi.

Elle hocha la tête et sourit.

— Oh, parfait. Vas-y.

— Danny pourra se servir de ma salle de bains au besoin.

Il acquiesça et se dirigea vers celle qui se trouvait dans le couloir.

Danny contempla l'endroit où se trouvait Greyson juste avant, puis le pointa du doigt.

— *Grès gris ?*

— Presque, mon chéri. *Greyson.*

Il essaya de répéter ce prénom à plusieurs reprises, puis fut assez satisfait pour passer à autre chose.

Elle se leva, vérifia sa couche et constata qu'il était mouillé, évidemment, mais pas sale. Elle se dirigea vers sa chambre, où elle récupéra une couche et des vêtements de rechange, puis passa dans sa salle de bains, où elle le lava et l'habilla.

Quand elle lui peigna les cheveux, il sourit. C'était un sourire si charmant, chaleureux et innocent que son cœur fondit à nouveau. Elle le serra dans ses bras et enfouit son visage dans son cou tout doux.

— Je t'aime tellement, murmura-t-elle.

Sa réponse ? Il éclata de rire. Puis il lui toucha la joue en disant :

— Ma maman.

DOUCHE, CHANGE, ET au rez-de-chaussée, son sac près de la porte d'entrée, pour ne pas laisser entendre une quelconque intention en le laissant à l'étage, Greyson était assis à la table de la cuisine avec sa deuxième tasse de café. Ils avaient déjà pris un autre petit-déjeuner bacon-œufs, ce qui lui allait bien pour tous les matins. Il était neuf heures.

— La journée a déjà bien commencé, déclara-t-il.

— C'est vrai ! C'est incroyable, après une telle nuit et un réveil aussi matinal, à quel point les heures plus normales du matin peuvent passer !

— Est-ce qu'on doit aller quelque part aujourd'hui ? demanda-t-il en regardant Danny. Tu as besoin de quelque chose pour Danny ?

— Comme nous avons fait les courses hier, en théorie, nous sommes tranquilles pour quelques jours.

— Parfait.

Il tapa sur la table, se demandant s'il devait lui poser la question.

— À l'évidence, tu as quelque chose en tête, lui dit-elle. Je t'écoute.

Il la regarda avec un sourire.

— Tu me connais trop bien si tu comprends déjà ça, plaisanta-t-il.

— Eh bien, tu as cet air pensif.

— C'est bien trop tôt, et c'est un peu exagéré, mais j'ai déjà eu un autre coup de fil de mon grand-père se demandant quand j'allais t'amener chez eux.

— Serais-tu fils unique, par hasard ?

— Effectivement, répondit-il avec ironie. Ils me tannent depuis des lustres pour que je me marie et que je fonde une famille.

— Ce n'est pas forcément une bonne chose dans ces circonstances, parce que j'ai Danny.

— Ce que tu dois comprendre, c'est que mes parents sont morts et que ce sont mes grands-parents qui m'ont recueilli. Alors ça ne les rendrait absolument pas malheureux si je me mettais avec toi et que j'héritais de Danny.

— L'accepteront-ils ? C'est juste que ça fait…

— Oui ? Qu'est-ce que ça fait ? demanda-t-il, le regard direct.

Elle le dévisagea.

— Je suis partagée entre l'envie de rire et la terreur, parce qu'on se connaît à peine.

Il tendit sa main ouverte par-dessus la table et la regarda poser la sienne dessus. Il sourit.

— Mais ce qui compte, c'est ce que nous savons.

Elle le regarda puis baissa les yeux sur sa main. Elle tenta de la retirer, comme si elle se rendait compte de ce qu'elle avait fait.

Mais il referma les doigts autour des siens, et la tint fort.

— Alors, je comprends que ce soit rapide, mais je ne pense pas que ce soit une mauvaise chose en ce qui nous concerne.

— Je ne sais pas. Je suis sortie avec mon mari pendant des années avant de l'épouser, pour finalement m'apercevoir que c'était une énorme erreur.

— Dans ce cas, tu devrais peut-être suivre ton instinct. Te montrer un peu plus audacieuse avec quelqu'un que tu ne connais pas vraiment. Pourtant, tu sais ce qui est important.

Elle se cala sur sa chaise, les yeux rivés sur lui.

Il vit son air choqué et méfiant.

— Il s'agit juste de les rencontrer. Au moins, ils me lâcheront un moment.

— Cependant, ils auront des attentes, et je ne veux pas

non plus qu'ils soient blessés.

— C'est pour ce genre de choses que j'aime vraiment la personne que tu es.

— Tu me connais à peine, lui rappela-t-elle.

— Je sais que tu es restée mariée alors même que tu étais malheureuse. Tu t'es sans doute mariée à cause du tic-tac de ton horloge biologique et, lorsque tu as appris que tu étais enceinte, tu étais aux anges. À la minute même où il a manifesté son mécontentement, tu as choisi de renoncer à tout cet argent et à cette sécurité pour avoir ton fils, continua-t-il. Jamais tu n'as envisagé d'avorter. Tu as vingt-neuf ans. Tu n'as jamais essayé d'avoir de diplôme. Tu occupes le même emploi depuis un an, même s'il ne te rend pas forcément heureuse, un peu comme ton mariage. Tu cherches quelque chose d'autre, mais tu ne sais pas quoi pour le moment. Après la période de nidification, tu en es au stade où tu dois décider du reste de ta vie. Tu es proche de ta sœur, et tu tolères ta mère, et la plupart des gens diraient que, pour ça, tu mérites une médaille. Tu as tendance à laisser couler les choses, jusqu'à ce que quelqu'un fasse quelque chose qui t'insupporte vraiment.

— Ça ne m'a pas l'air d'être une affirmation très gentille… !

— Tu es une mère merveilleuse. Tu adores Danny, et tu ferais tout pour qu'il soit en sécurité. Tu vis une situation très difficile, mais tu tiens bon. Considérant ce que tu as traversé ces trois ou quatre dernières semaines, je trouve que tu te débrouilles admirablement bien pour ne pas perdre pied.

— Tu ne sais toujours rien de mes espoirs, mes souhaits ou mes vœux, le défia-t-elle. Ou de mon histoire.

— Tu n'étais pas proche de ta mère. Tu n'étais sûrement

pas tellement proche de ton père non plus. Tu as hésité à t'engager dans la relation avec George, mais tu as également mis du temps à le quitter. Dans les deux cas, c'était parce que c'était la première fois que tu avais un homme dominant dans ta vie, ajouta-t-il. Tu étais bonne à l'école, mais pas la première de la classe. Tu n'avais pas vraiment pour ambition de décrocher un diplôme universitaire. J'ai comme dans l'idée que ce que tu voulais vraiment, c'était être mère.

Les épaules de Jessica s'affaissèrent alors qu'elle l'écoutait.

— Comment peux-tu savoir autant de choses ? lui demanda-t-elle, émerveillée.

— Je lis ton langage corporel, en plus du peu que je connais de toi. Le fait est que rien de tout cela ne définit qui tu es. À l'intérieur, tu es chaleureuse, attentionnée, honnête, absolument pas motivée par l'argent, et la personne qui compte le plus pour toi en ce moment dans ton monde, c'est ton fils. Je suis prêt à accepter tout ça.

Elle le regarda fixement pendant un long moment, puis déclara :

— Au moins, cette partie de ton évaluation sonne mieux que la première.

Greyson sourit.

— Tu es drôle et je t'apprécie. Je respecte le stade où tu en es dans la vie, et surtout, quand les choses se gâtent, tu n'es pas du genre à te défiler. Tu campes sur tes positions, et ça signifie beaucoup.

CHAPITRE 15

J ESSICA L'ECOUTA PARLER d'elle, incrédule. Greyson avait raison. Elle ignorait comment il avait su pour son père ou sa mère, mais c'était également la raison pour laquelle elle avait mis si longtemps à se rapprocher de George. Il avait cherché à l'épouser plus tôt, mais elle ne voulait pas. Elle avait hésité à avoir un homme dans sa vie parce qu'elle n'avait pas été élevée avec un homme. Pourtant, elle avait vu le défilé que sa mère avait fait passer dans la maison.

Elle baissa les yeux sur leurs mains toujours jointes.

— Une partie de moi me dit que j'ai commis une grosse erreur avec George, et je n'ai pas envie de la répéter.

— Bien sûr que non. C'est ça le truc avec les erreurs, on apprend d'elles, de sorte de prendre de meilleures décisions la fois suivante.

Au bout du compte, elle était curieuse au sujet de sa famille à lui aussi.

— Que dirais-tu d'un déjeuner, alors ? suggéra-t-elle avant de rire.

— Je dirais le déjeuner, mais eux vont parler dîner.

— Ils abusent, non ?

Il y avait une pointe d'humour dans sa voix. Elle rit encore, mais c'était nerveux cette fois.

— Pourquoi pas ? Ce serait sympa de sortir un peu et

d'avoir une vie sociale. Il faut que tu les préviennes que nous ne sommes pas *ensemble* ensemble, d'accord ?

— Compris, dit-il.

Il sortit son téléphone, appela son grand-père puis proposa à Jessica :

— Que dirais-tu d'aujourd'hui ?

Elle sursauta, elle ne s'y attendait pas. Elle n'arrivait pas à croire que tout allait si vite.

Greyson haussa les épaules, pendant que son grand-père poussait un cri de joie.

— Pour dîner, affirma-t-il, travers de porc au barbecue. On les a déjà fait mariner. Nous vous attendons à seize heures.

Et sur ces mots, son grand-père raccrocha.

Greyson rit.

— C'est typique de mes grands-parents.

— Et d'après ce que je vois, la pomme n'est pas tombée loin de l'arbre…

— Nous avons beaucoup de choses en commun. Et le fait d'être élevé par eux, eh bien…

— Nos steaks peuvent mariner toute la nuit, et nous les mangerons demain soir et si ça ne va pas, ils seront bien pour un autre jour aussi.

— Oh, c'est vrai. Ou peut-être que tu peux les ajouter au barbecue de tes grands-parents ce soir ? Puisque je n'ai pas de grill. C'est à toi de voir.

— Je peux te garantir que nous n'en aurons pas besoin là-bas. Ma grand-mère adore cuisiner et il y en a toujours beaucoup.

Elle jeta un coup d'œil à sa montre.

— Alors, qu'allons-nous faire du reste de la journée ?

— On fait profil bas et on essaie d'obtenir plus

d'informations.

— En parlant de ça, je voudrais jeter un coup d'œil dehors. S'il te plaît, reste à l'intérieur, et verrouille derrière toi.

Sur ces mots, il disparut.

Jessica le regarda passer la porte. Danny était devant la télé, à regarder certains de ses dessins animés préférés. Elle prit son café et alla s'asseoir à côté de lui. Le bambin rampa pour se pelotonner sur ses genoux. Elle le serra contre elle, sachant que, quel que soit le danger, cette période de sa vie passerait très vite. Elle voulait profiter de chaque moment, et ne voulait pas trop penser à son prochain dîner avec les grands-parents de Greyson.

Elle n'arrivait pas à croire qu'elle allait rencontrer sa famille ce soir, cet après-midi, en fait. C'était aussi plutôt mignon, et elle aimait le fait qu'il soit proche d'eux. Elle resta assise ici à se détendre, sachant qu'il était dehors, faisant tout ce qu'il pouvait pour traquer leur visiteur matinal.

Juste à ce moment-là, son téléphone sonna. Elle gémit en voyant qui était à l'origine de l'appel.

— Salut sœurette. Qu'est-ce qui se passe ?

— Maman, souffla sa sœur, exaspérée. Quoi d'autre ? Elle est en train de fulminer.

— Quel est le problème, cette fois ?

— Elle a entendu aux infos qu'il y avait un harceleur dans ta région, répondit sa sœur. Elle a essayé de joindre George pour lui dire que tu voudrais te remettre avec lui.

Jessica se figea.

— Quoi ?

— Elle est déjà en train d'essayer, dit sa sœur d'un ton sinistre.

— Eh bien elle va trop loin ! J'ai de bonnes raisons d'avoir rompu avec George.

— Et elle pense que tu n'es pas en sécurité, et que tu n'es pas capable de prendre soin de toi.

— Voilà qui est bien dommage, répliqua Jessica. Je vais appeler maman.

Furieuse, Jessica raccrocha au nez de sa sœur et composa rapidement le numéro de sa mère. Quand celle-ci répondit, Jessica débita d'un ton sec :

— Pour quelle raison tu te permets d'essayer de contacter George ?

— On ne peut pas te faire confiance pour t'occuper seule de ce petit garçon, répondit l'autre femme. Pour l'amour du Ciel, il y a un harceleur près de chez toi !

— Tu as cru bon de prendre l'initiative d'appeler mon ex, pour lui dire que je voulais me remettre avec lui ? demanda-t-elle d'une voix colérique.

Sa mère, comme si elle se rendait soudain compte qu'elle était peut-être allée un peu trop loin, tenta immédiatement de faire marche arrière.

— Je voulais juste voir comment il allait. Si ça se trouve, il est remarié. C'est un homme bon, Jessica.

— Non. Ce n'était pas un homme bon, pas pour moi, répliqua-t-elle. Et pour ton information, il est mort.

Et sur ces mots, elle raccrocha.

Elle était assise là, folle de rage, consciente d'avoir été malpolie devant Danny, ce qu'elle s'était toujours promis de ne pas faire. Elle avait complètement perdu la tête, mais heureusement, le petit n'écoutait pas. Néanmoins, tout ce qu'elle avait pu lire sur les capacités cognitives des enfants indiquait qu'il absorbait tout sans distinction. Elle s'affaissa dans le canapé.

— Maman ?

— Maman va bien, mon chéri.

Évidemment, elle mentait. C'était encore une chose qu'elle s'était promis de ne pas faire. Mais comment expliquer à un enfant en bas âge qu'elle était furieuse contre sa grand-mère ? Elle ne pouvait pas faire grand-chose pour l'instant, à part essayer de se calmer et attendre de voir ce que Greyson avait déniché dehors.

Quand son téléphone sonna à nouveau, elle l'éteignit et le mit de côté. Elle ne parlera plus à aucune d'entre elles aujourd'hui.

À quoi pensait sa dérangée de mère ? Elle était allée trop loin.

Greyson s'avança sur le porche arrière et frappa à la porte. Danny le pointa du doigt. Elle se leva, s'approcha et le fit entrer.

— Tu as trouvé quelque chose ? s'enquit-elle à voix basse.

— Rien de neuf.

Il était déjà sorti et avait fait une ronde, après avoir vu l'intrus auparavant.

— Dieu seul sait comment nous pourrions trouver quelque chose à ce stade de toute façon, fit-elle, dépitée.

Il lui sourit en lui disant :

— Ne t'inquiète pas. On va tout arranger.

— Ravie de l'entendre. J'ai l'impression qu'il faut que je fasse quelque chose aujourd'hui. Je suis juste en train de monter dans les tours.

Il tendit la main et caressa doucement sa pommette avec le pouce.

— Que s'est-il passé ?

Elle secoua la tête, mais il ne lâcha pas.

— Raconte-moi.

— Ma sœur m'a appelée pour me dire que ma mère essayait de joindre George, dit-elle. Et écoute ça… C'était pour lui dire que je voulais me remettre avec lui.

— Ta mère n'a pas conscience des limites.

— Non. Ses idioties ne m'impressionnent pas beaucoup. Elle a vu aux infos un reportage sur un harceleur dans le quartier.

— Tu lui as dit que George était mort ?

Elle fit la grimace.

— Je sais que ce n'est pas encore confirmé, mais j'étais tellement en colère que je le lui ai dit, oui.

Il se contenta de hocher la tête, l'entourer de ses bras et la serrer contre sa poitrine. Elle se blottit contre lui et le laissa la réconforter pendant un moment. C'était si bon d'être serrée comme ça, de savoir qu'elle n'était pas seule.

— Est-ce que tu as envie d'aller quelque part en attendant ? lui demanda-t-il. Au parc, par exemple ?

Aussitôt, Danny se tourna vers elle et s'écria :

— Parc ! Parc !

Kona aboya deux fois aussi, agitant la queue, comme si elle comprenait le concept.

Jessica sourit.

— Ce n'est pas une mauvaise idée. On pourrait aller passer quelques heures au parc et ensuite aller directement chez tes grands-parents.

Elle marqua un temps d'arrêt pour lire sa montre.

— Ça fait plus que quelques heures, mais je pourrais préparer des sandwichs, des fruits et des bouteilles d'eau pour les emporter avec nous. Il y a des tables de pique-nique, et nous pourrions prendre un déjeuner léger afin de tenir le coup entre le petit-déjeuner et le dîner.

Elle sourit et fit un signe de la main à la chienne.

— Et assez pour Kona aussi.

Celle-ci glapit et agita la queue.

— Si Danny est fatigué, on pourra toujours revenir ici pour qu'il fasse une sieste avant de partir chez tes grands-parents.

Greyson rit, tapota la chienne et adressa un sourire à Jessica.

— Ça marche.

Quelques heures d'évasion, à apprendre à se connaître et à s'amuser, démontrèrent qu'il était un homme bien avec Danny. Elle ne pouvait rien imaginer de mieux. Elle ne savait pas si cela changerait avec le temps. Est-ce que leur relation s'améliorerait, ou se détériorerait ? Elle n'en avait aucune idée parce qu'elle avait très peu d'expérience avec les hommes et aucune de l'interaction entre hommes et enfants. Même en grandissant, elle n'avait eu que des relations de courte durée avec des hommes, ceux que sa mère fréquentait.

La seule chose que Jessica redoutait, c'était de devenir comme sa mère. Ce serait affreux. Pourtant, elle avait été rapidement attirée par Greyson. Elle savait que tout effort de sa part pour contester le fait qu'il y avait quelque chose de spécial entre eux en si peu de temps serait un mensonge éhonté. Il y avait assurément quelque chose de spécial et elle avait vraiment envie de voir ce que ça donnerait.

Elle riait de voir Greyson tenir Danny dans la grande balançoire ronde, et le pousser doucement d'avant en arrière avec Kona à côté, où que soit le petit garçon.

La situation actuelle, avec lui et Kona, était assez in-croyable. *Ses hommes étaient sacrément spéciaux, tous les deux.* Elle sourit. Sa pensée suivante fut de se dire que Kona et elle étaient aussi des « femmes » sacrément spéciales.

Après la balançoire, ses hommes foncèrent vers la bas-cule, Greyson retenant Danny, tandis qu'elle les rejoignait de l'autre côté. Le petit garçon s'éclatait, et Kona bondissait de joie aussi. Il tomba plusieurs fois et parut sur le point de pleurer, mais Kona arriva la première, suivie de Greyson qui prit Danny dans ses bras en riant, puis l'aida à se remettre à courir. Dans l'ensemble, ils passèrent un bon moment. Ces heures semblaient si riches en plaisir et en rires, après ces dernières semaines de tension. Elles passèrent bien trop vite.

Elle sourit quand il fut temps de partir.

— Je n'aurais pas cru qu'une telle journée serait possible. C'était très chouette.

— N'est-ce pas ? répondit-il. Je suis vraiment heureux que nous ayons pu passer ce moment ensemble, loin de nos ennuis pour un moment.

— Je sais. C'était génial.

Ils furent de retour à la maison en un rien de temps pour déposer les restes du déjeuner, et se préparèrent à repartir. Elle attacha Danny dans son siège auto, puis s'installa sur le siège conducteur.

— Où allons-nous, Monsieur « Je-Veux-Que-Tu-Rencontres-Mes-Grands-Parents » ? le taquina-t-elle.

Il lui donna les indications, et ils sortirent du garage en marche arrière. La seule chose qu'elle avait remarquée et qui avait mis un bémol à leur excursion au parc était le fait que Greyson avait maintenu Kona en état d'alerte et que son propre regard était toujours vigilant. Alors même qu'ils sortaient de son allée, il scrutait les visages, les véhicules, tout ce qui sortait de l'ordinaire.

Quand elle s'engagea sur l'autoroute, elle lui demanda :

— Alors ? Tout va bien ?

— Je crois que oui, du moins j'en ai l'impression.

— Tant mieux, lui dit-elle, parce que je n'ai pas envie d'attirer le danger à la porte de tes grands-parents.

LORSQU'ILS ARRIVERENT CHEZ ses grands-parents, Greyson n'eut même pas le temps d'ouvrir la portière que son grand-père et sa grand-mère étaient déjà sur le perron, arborant un grand sourire. Leo tournait autour de leurs pieds en aboyant joyeusement.

Jessica le regarda et dit :

— Oh, oh.

— Oh, oh, oui. Ils sont impatients de te rencontrer.

Elle descendit de la voiture et se concentra pour détacher Danny de son siège auto. Aussitôt fait, elle le tint devant elle de manière presque protectrice. Kona et elle suivirent Greyson jusqu'au perron, où les deux grands-parents les attendaient.

— Je suppose que nous devrions leur accorder des points pour avoir été assez patients pour nous laisser sortir de la voiture, dit-elle avec une pointe d'humour.

Il gloussa avant de passer un bras autour d'elle en disant :

— Absolument.

— Tu es vraiment en train de jouer le jeu, remarqua-t-elle, mais sans faire le moindre geste pour s'éloigner de son étreinte. Cela lui donnait l'impression d'un front uni pour aller de l'avant.

— Je ne suis pas du tout en train de jouer. Je suis heureux, et je ne me rappelle pas la dernière fois où j'ai autant apprécié une journée.

Il fallait bien qu'elle admette qu'elle non plus n'avait jamais connu de journées aussi agréables.

Dès que les présentations de Danny, Kona et elle aux grands-parents furent faites, ils entrèrent dans la maison et passèrent dans le jardin. Elle y déposa Danny ; ils avaient quelques jouets pour lui. Elle n'en était pas vraiment sûre, mais les grands-parents avaient aussi un petit dispositif d'arrosage relié à un tuyau, qui semblait avoir été conçu spécialement pour Danny. L'eau n'était projetée qu'à un mètre de haut, mais Danny était fasciné.

Elle le prit dans ses bras et lui retira la couche extérieure de vêtements. Elle regarda la grand-mère de Greyson et dit :

— Il va être trempé en un rien de temps.

— Nous pourrons toujours le sécher, dit-elle, mais tu as raison. Les vêtements peuvent prendre un peu plus de temps. J'ai un sèche-linge ici.

— Comme ça c'est plus facile, et puis l'après-midi est chaude.

Danny était le centre de l'attention, et il en appréciait chaque instant. Le barbecue était allumé, et les côtes, qui avaient apparemment déjà passé quelques heures au four, furent transférées sur le gril.

Jessica s'enquit auprès de la grand-mère de Greyson :

— Y a-t-il quelque chose que je puisse faire pour aider ?

La femme avait l'air contente qu'on lui pose la question, mais répondit aussitôt :

— Absolument pas. Nous vous avons attendus avec impatience tout l'après-midi, alors nous avons eu plein de temps pour tout préparer.

— J'espère que nous ne vous avons pas donné trop de travail, Madame…

— Ne dis pas de bêtises ! s'exclama-t-elle. Absolument pas. Nous sommes ravis de vous recevoir, Danny et toi, dit-elle chaleureusement. Tu peux aussi bien nous appeler Grand-mère et Grand-père si cela te va.

Ensemble, les deux femmes sortirent les salades et un curry aux raisins secs, un plat de riz marocain qu'elle mourait d'envie de goûter. Les deux hommes se tenaient près du barbecue, chacun avec une canette de bière ouverte dans les mains.

Jessica rit à cette vue.

— Qu'y a-t-il de plus banal que de voir les gars devant le barbecue avec une bière, pendant que les femmes sortent les plats ?

Greyson lui sourit.

— Il y a une bière pour toi, si tu la veux.

En souriant, elle secoua la tête.

— Maintenant, si tu as du cidre, ce n'est pas la même histoire.

Le grand-père de Greyson parut dépité.

— Je n'en ai pas… mais je peux t'en trouver !

— Pas besoin. Mais si vous avez une tasse de thé, ce serait génial.

— Très bien, dit Grand-mère. La bouilloire est déjà allumée.

Pendant que les côtes finissaient de cuire, Jessica et Grand-mère s'assirent autour d'une tasse de thé. Danny, lui, restait tranquille sous l'œil toujours attentif de Greyson et de Kona, qui était en laisse et se tenait très bien à son contact.

Grand-père fit un commentaire :

— Ce chien est étonnamment gentil avec le petit garçon. Leo le sera probablement aussi, mais nous nous sommes dit qu'il valait mieux garder cela pour un autre jour. Et, si Kona est aussi protectrice de Danny que tu le dis, on risque d'avoir des problèmes.

— Bien joué. Peut-être que nous rencontrerons Leo lorsque les choses se seront calmées et que Kona n'aura plus besoin de rester en état d'alerte, proposa Greyson. En fait, elle a déjà sauvé la vie de ce petit gars plusieurs fois.

— Et je ne l'oublierai jamais, dit doucement Jessica.

Elle s'approcha de Kona et la gratouilla généreusement.

— Avec un peu de chance il y aura un os ou deux pour elle. Elle a eu de la nourriture adaptée ce matin, mais je ne connais pas grand-chose aux chiens. Je ne sais pas quelle quantité ils mangent, quand il faut espacer les repas, ni à quelle fréquence ils le font.

— Je dirais qu'elle a besoin d'être un peu engraissée, jaugea Greyson. Elle s'est privée de pas mal de repas ces derniers temps.

— C'est vrai. Elle est restée seule pendant trois ou quatre semaines.

— Qu'est-ce que l'armée va faire d'elle ? questionna Grand-père tandis que Jessica écoutait attentivement la réponse.

— Aucune décision n'a encore été prise à cause de la situation dans laquelle nous nous trouvons actuellement. Je ne t'ai pas encore donné tous les détails, dit-il d'une voix soudain sérieuse, mais comme nous avons besoin de Kona comme chien de garde, tout le monde a accepté de la laisser ici.

— Fils, je pense que tu ferais mieux de nous mettre au courant de tout ça, argua son grand-père.

Jessica alla surveiller Danny pendant que Greyson expliquait tout ce qui s'était passé depuis son arrivée. Il y eut des halètements choqués et des exclamations à voix basse lorsque les grands-parents comprirent quels dangers Danny et elle avaient courus et pourquoi Greyson avait dû s'absenter.

— Oh, ma pauvre chérie, lui dit Grand-mère. Je suis désolée que tu aies eu à traverser ça.

— J'aurais voulu que le kidnappeur n'échappe pas aux policiers. S'il était enfermé aujourd'hui, tout irait mieux.

— Pas s'ils sont deux, intervint Grand-père. Tu peux compter sur Greyson, ma chérie. Il a pas mal travaillé sur la sécurité, et jusqu'à présent, il n'a perdu personne.

— Je n'ai pas non plus l'intention de commencer, dit l'intéressé.

Elle sourit, mais remarqua le sérieux dans les regards fixés sur elle, plus la lueur chaude de Greyson, comme pour lui dire qu'il avait un tas d'autres raisons de s'occuper d'elle. Elle rougit légèrement, reconnaissante lorsque Grand-mère annonça aussitôt qu'il était temps de manger.

Il y eut de l'agitation pendant une minute, le temps que tout le monde se mette en place. Greyson retirait les côtes des énormes grilles du barbecue et les apportait sur deux énormes plateaux.

— Vous avez assez de nourriture ici pour nourrir au moins six ou sept personnes.

— Il faudra réchauffer un peu les restes, justifia Grand-mère. Mon mari pense qu'il n'y a absolument rien de meilleur au monde que des côtes réchauffées, donc plus il y a de restes, mieux c'est, en ce qui le concerne.

— Je comprends ! dit-elle, et, sans se soucier des apparences, elle passa la main au-dessus de la table pour attraper la plus grosse côte sur le dessus.

Greyson protesta immédiatement.

Lui adressant un immense sourire, elle lui dit :

— Monsieur, vous étiez bien trop lent.

Elle prit la côte et en coupa un morceau. Les deux grands-parents éclatèrent de rire. Ils trouvaient l'échange hilarant.

— Elle est pleine de vie, complimenta Grand-père, et tu sais ce que ça veut dire.

CHAPITRE 16

G REYSON COMPRIT, CAR il leva les yeux au ciel et resta silencieux, mais il s'empara rapidement d'une autre grosse côte et en prit plusieurs bouchées.

— C'est vraiment bon, dit-elle la bouche pleine.

Jessica détacha un peu de viande de l'os qu'elle découpa en petites bouchées et la mit dans l'assiette de Danny. Elle ne savait pas où ils avaient déniché une chaise haute ; Danny était actuellement assis dans une vieille chaise en bois avec un plateau qui s'ouvrait et se fermait pour pouvoir être lavé dans l'évier. Il s'amusait comme un fou, plongeant ses doigts dans la sauce barbecue et la viande. Il avait aussi un peu de salade sur un bord de l'assiette et des légumes crus sur un autre.

Quand elle eut presque terminé sa côte, elle voulut la poser dans l'assiette, mais Danny la réclama immédiatement. Elle hésita, puis haussa les épaules et la lui donna. Il la ramassa aussitôt et commença à la taper sur le plateau en bois.

— Oh oh, dit-elle en essayant de la lui prendre.

Ce qui le fit redoubler de plus belle, et il commença à crier.

— Je suis vraiment désolée, s'excusa-t-elle, visiblement gênée.

Grand-père sourit et lui dit :

— Hé, c'est ce que font les enfants.

Greyson se pencha, saisit doucement la côte et l'aida à la diriger vers la bouche de Danny. Quand il planta les dents dedans, Danny sembla tomber amoureux et rongea l'os avec plaisir.

Elle étudia Greyson, abasourdie.

— Comment savais-tu qu'il aimerait ça ?

— Je me suis dit qu'il faisait peut-être ses dents. Il a les gencives un peu enflées, et il pourrait les avoir sur le tard… dit-il avec un haussement d'épaules. Je ne suis pas un pro des enfants, mais j'ai vu des amis dont les gamins passent par là au fil des ans.

— Il a fait plusieurs crises au cours des derniers mois, mais aucune dent n'est sortie. Ensuite, son agitation a diminué, mais plus tard, il y avait une autre crise. Il a quelques dents, mais je pense qu'il est effectivement un peu en retard.

Grand-mère tendit la main pour tapoter doucement la sienne, et lui dit :

— Ne t'inquiète pas. Il fera à son rythme.

C'était une chose que Jessica appréciait chez eux. Ils se montraient patients et très gentils. Tout comme Greyson. Elle sourit à son tour et répondit :

— Je n'ai pas de mal à voir la grande influence que vous avez eue sur Greyson. J'ai cru comprendre que c'est vous qui l'avez élevé.

— Depuis qu'il a huit ans. Notre fils et sa femme ont trouvé la mort dans un accident de voiture. Nous avons pris Greyson en charge et nous en sommes très reconnaissants. Il a été une immense bénédiction dans nos vies.

— Sauf quand je ne l'étais pas, dit-il avec un regard lourd de sens.

— Greyson m'a dit qu'il avait pris ses distances avec

vous après ses blessures. Je comprends qu'il l'ait fait, parce que j'ai fait à peu près la même chose avec ma famille au moment de mon divorce.

Grand-mère s'écria :

— Pourquoi faire une chose pareille ? Enfin, je sais que c'est ton droit.

Elle adressa un regard hésitant à Greyson et Grand-père, puis poursuivit :

— Nous sommes là pour vous, et nous sommes aussi les personnes les plus à même de vous aider à traverser cette situation. Je ne comprends pas pourquoi vous ne voulez pas qu'on vous aide.

Jessica comprit que Grand-mère parlait aussi bien d'elle que de Greyson.

— Dans mon cas, je ne voyais pas ma mère comme une alliée. Elle me pousse à revenir avec mon ex-mari.

Les deux grands-parents de Greyson parurent estomaqués.

Elle hocha la tête.

— Je sais. Elle a toujours semblé penser que je ne pouvais pas me débrouiller seule, et qu'il me fallait un homme à mes côtés.

— Il y a une différence entre avoir un homme que l'on veut et avoir un homme avec lequel on est coincé, exposa délicatement Grand-mère.

À ces mots, Jessica éclata de rire.

— N'est-ce pas ? dit-elle, et les deux femmes échangèrent un regard entendu.

Elle regarda Danny, toujours complètement absorbé par le gros os qu'il mâchait. Il était lisse et apparemment bien adapté à ses gencives, car il avait l'air concentré.

— Retiens bien mes mots, prononça Grand-père. Tu

verras les dents demain.

Elle prit une autre côte, étonnée de voir que le plateau était déjà entamé à ce point.

— Il semblerait que nous n'avions pas de nourriture pour six, juste quatre personnes très affamées.

— Et on ne lésine pas sur les côtes par ici ! s'exclama Grand-père. C'est mon repas préféré.

— Vous avez de la chance. Je ne me souviens pas de la dernière fois que j'en ai mangé.

— Ce n'est pas très amusant de cuisiner pour une seule personne, admit Grand-mère. C'est pourquoi nous sommes ravis que vous ayez pu venir nous rendre visite. C'est plus agréable de partager ce genre de choses.

— Merci de m'avoir invitée. Je ne veux pas que vous vous fassiez de fausses idées sur votre petit-fils et moi.

— Pas du tout !

Toutefois, la vieille femme avait une étincelle dans le regard qui poussa Jessica à lever les yeux au ciel. Elle regarda Greyson et haussa les épaules.

— J'ai essayé.

— Ne t'inquiète pas pour ça. Ils découvriront la vérité bien assez tôt.

— Nous la connaissons déjà, fit valoir Grand-père, la même étincelle au fond des yeux. Il y a quelque chose de spécial entre vous deux, et nous sommes vraiment heureux pour vous.

Les grands-parents étaient convaincus par leurs dires.

Jessica l'était à moitié également.

LA VISITE AUX grands-parents s'était déroulée à merveille ; ils avaient tout nettoyé et passé encore quelques heures dehors. Greyson prit une deuxième bière, heureux de ne pas avoir à conduire ce soir, même si, vu sa taille, il aurait pu en boire quelques-unes de toute façon, avec les tonnes de nourriture et les heures passées entre chaque. Quand Danny parut plus que fatigué et prêt à rentrer chez lui, alors qu'ils étaient tous rassasiés par le dîner, Greyson et Jessica leur souhaitèrent bonne nuit et montèrent dans la voiture.

— Tes grands-parents sont merveilleux.

— Ils sont assez spéciaux. Je crois que, d'une certaine manière, j'étais un peu en colère contre eux pour avoir déménagé ici, peut-être parce que j'avais l'impression qu'ils s'éloignaient de moi. Désormais, bien sûr, moi aussi je pourrais venir vivre ici. Alors peut-être que c'était ainsi que les choses devaient se passer.

— Je pense que oui, répondit Jessica. D'ailleurs, si tu n'étais pas venu les voir, je ne t'aurais pas rencontré. Tu serais probablement ailleurs, à la recherche d'un autre chien.

Il approuva et tourna la tête pour constater que Kona étendue sur la banquette arrière.

— En parlant de chiens, elle s'est très bien comportée ce soir.

— Quand on voit son comportement, personne ne pourrait deviner qu'elle a été un jour autre chose qu'un animal de compagnie génial. Et si tu l'emmènes, je crois qu'elle me manquera.

— Je croyais que tu n'aimais pas trop les chiens.

— Seulement parce que je n'ai pas beaucoup d'expérience avec eux, le corrigea-t-elle. Ce n'est absolument pas la même chose.

— Ah non ?

Quand ils arrivèrent à la maison, Greyson accrocha la

laisse de Kona et lui demanda :

— Reste assise là, d'accord ?

Jessica le regarda et fronça les sourcils.

Il lui adressa un sourire en coin.

— Je vérifie tout est normal.

Elle comprit soudain.

— Je suppose que tu veux que je verrouille les portières, c'est ça ?

— Absolument, dit-il, et sur ces mots, Kona et lui s'en allèrent.

Elle le regarda faire le tour du garage et pénétrer dans le jardin. Quand elle le revit, il ouvrait la porte d'entrée et lui faisait signe d'entrer. Après avoir garé la voiture, elle en sortit, détacha le harnais du siège auto, et avec des gestes doux, elle porta un Danny endormi dans la maison.

— Je suppose que tout va bien ?

— Ce n'est pas le cas, mais je ne veux pas que tu restes plus longtemps dans la voiture. Je t'emmène dans ta chambre, et tu y resteras pendant que je passe des coups de fil.

Il ne lui laissa pas le temps de retirer ses chaussures ou poser son sac ; il la fit monter directement avec Danny. Kona le suivit dans la chambre alors qu'il effectuait une fouille rapide, mais très minutieuse sous le lit, dans les placards, et autres endroits.

— Reste là, s'il te plaît. Je t'expliquerai dès que je pourrai.

Il posta Kona devant la chambre, avec un ordre ferme :

— Garde !

Aussitôt, l'attitude de la chienne changea, et elle fut tout à coup en mission.

Jessica regarda Greyson, puis Kona, et s'exclama :

— Tu me fais peur !

— Je reviens tout de suite.

Inspirant lentement et profondément, complètement paniquée à l'idée de ce qui avait pu se passer, Jessica s'assit sur le lit à côté de Danny. Une fois que Greyson fut assuré qu'elle allait bien et ne perdrait pas pied, il partit.

CHAPITRE 17

F INALEMENT, ELLE L'ENTENDIT remonter les escaliers deux par deux. Elle l'attendit, la peur visible au fond de son regard.

— Et ?

— La maison est vide, dit-il, mais elle ne l'était pas avant. Les lumières étaient allumées alors qu'elles n'auraient pas dû l'être, et j'avais laissé un petit piège dans les portes vitrées pour voir si quelqu'un entrait par-là, expliqua-t-il. Et quelqu'un l'a fait.

— Les portes vitrées n'étaient pas verrouillées ?

— Elles l'étaient. Le verrou est cassé.

Elle s'affaissa contre la tête de lit et le fixa sans un mot.

— J'ai tout arrangé pour ce soir. Demain je mettrai un nouveau verrou. J'ai passé quelques appels, dit-il. Je vais consulter les caméras de sécurité de ton voisin pour voir si on peut voir qui a fait ça.

— Tu peux accéder à leurs caméras ?

Greyson lui accorda un sourire.

— Je peux. S'il les a mises en marche, alors on devrait pouvoir trouver quelque chose.

— Tu pourrais faire ton piratage d'ici ?

— Oui.

Elle le regarda courir en bas pour prendre son ordinateur portable, et, quand il revint, il s'installa sur la petite chaise qu'elle gardait dans sa chambre, posa les pieds sur le lit, et commença à travailler. Lorsqu'il émit un son étrange, elle se redressa sur le lit.

— C'est Jensen, dit-elle d'une voix faible, en regardant l'homme dans l'œil de la caméra traverser le jardin de son voisin en direction du sien. C'est lui.

Greyson hocha la tête.

— C'est ce dont j'avais peur. D'un autre côté, maintenant que nous savons, nous avons des munitions.

— C'est horrible.

— Pourquoi ça ?

Elle ne savait pas vraiment quoi dire.

— Ça me semble tellement tiré par les cheveux. Impossible, même.

— J'ai aussi hacké ton système de sécurité. Voilà les preuves de chez toi.

Il y avait plusieurs autres images, prises pendant que Jensen inspectait tout le rez-de-chaussée de sa maison.

— Comment as-tu su pour le système de sécurité d'ici ?

— J'ai vu les caméras.

À l'étage, il n'y avait pas de caméra dans la chambre de Danny ni dans les deux salles de bains, mais une dans la chambre principale et une dans le couloir. Jensen resta bien trop longtemps dans la chambre de Danny, et, quand il en sortit, il avait un petit t-shirt à la main qu'il mit dans sa poche. La panique la fit suffoquer.

— Il était dans la chambre de Danny et il a pris un t-shirt. Tu as vu ça ?

Ensuite, le frère de l'ex-mari décédé entra dans sa chambre, se dirigea droit vers la commode, en sortit un ensemble de sous-vêtements, le mit dans sa poche et partit. Elle secoua la tête.

— Je n'arrive pas à le croire, marmonna-t-elle. Que… qu'est-ce qu'il fait ?

— J'envoie cette vidéo à Badger et aux flics. Avec un peu de chance, on devrait pouvoir choper Jensen en un rien de temps.

— Ce serait charmant, dit-elle, mais j'en doute fortement. Est-ce que ça veut aussi dire que Jensen travaille avec Frank ?

— Eh bien, il y a forcément quelqu'un. Mais ne présumons pas que nous connaissons tous les joueurs.

QUAND LE TELEPHONE de Greyson sonna, c'était la police.

— Très bien, nous avons la vidéo, l'informa l'inspecteur. Nous avons envoyé une voiture de patrouille pour l'interpeller. Il y a un véhicule enregistré à son nom, donc un avis de recherche a été lancé.

— Bien. Il a déjà pénétré par effraction dans la maison de Jessica, informa Greyson, alors nous ne pouvons pas être sûrs qu'il ne recommencera pas. Et nous ne savons pas à qui nous avons affaire.

— Non, effectivement. Je peux mettre en place des rondes en voiture toutes les quinze minutes, proposa l'inspecteur. Mais, si vous êtes là, vous savez pertinemment qu'il attendra que les voitures de police soient parties, et il ira jusqu'à les chronométrer.

— Je sais, et je me tiens sur mes gardes. Je ne veux pas que quelque chose arrive à cette femme ou à cet enfant.

— Je comprends. Nous avons eu des contacts avec votre associé, et eu la confirmation que son mari est décédé. Nous avons le certificat officiel, et nous savons précisément où il a été enterré. Il existe plusieurs mobiles potentiels, y compris un mobile relationnel, qui pourrait avoir basculé d'un amour mal placé à une haine injustifiée. Qui a signé les papiers du divorce ?

— George a été enterré, oui. Il y a également eu une notice nécrologique dans le journal, donc c'est une affaire réglée.

— Est-ce que l'avocat a fourni un testament ?

— Nous attendons toujours la confirmation, mais ce serait un mobile plausible.

— Oui, accorda l'inspecteur, je vous suis. Nous allons faire un suivi de cette hypothèse d'ici quelques minutes.

— Oui, George est bien mort et enterré. Il y avait aussi une notice nécrologique dans le journal. Nous essayons toujours d'obtenir la confirmation pour le testament.

— Et la date de la mort ?

— Il y a trois mois et quatre jours.

La jeune femme se leva pour aller à son chevet où elle sortit des papiers qu'elle lui tendit.

— Ça, ce sont les documents qui ont été signés. Ils ont été soumis au juge, et m'ont été envoyés ensuite. Je ne sais pas qui les a signés, mais le timing n'est pas bon.

— À moins que George ne les ait signés plus tôt. Peu importe, je ne pense pas que ce soit valable, parce que quand le juge les a validés, il était déjà décédé.

— Que se passe-t-il dans un cas comme celui-là ?

— Nous allons le découvrir. Son téléphone sonna de nouveau.

— Stone ? Qu'est-ce qu'il y a ?

— Vous avez de la compagnie dehors, répondit Stone d'une voix franche.

— Où ?

— Deux hommes, un au nord, un au sud.

— Je vais en descendre un, alors s'il te plaît, garde l'œil sur l'autre.

— Garde ton oreillette, et ne raccroche pas, ordonna Stone.

Greyson se leva, regarda Jessica, et lui dit :

— Je te laisse Kona. Reste dans cette pièce.

Jess se mordit la lèvre inférieure.

— Qu'est-ce qui se passe ?

— Mon pote Stone est sur le satellite. Nous avons de la compagnie.

Ton travail, c'est de rester à l'abri et de t'occuper de ton fils. Je vais en éliminer un, de sorte de ne plus me préoccuper que d'un seul.

— Comment pourrais-tu en descendre un seul ?

— Ces enflures sont chacun d'un côté de la maison, dit-il d'un ton sinistre.

Soudain, Greyson embrassa sa compagne avec fougue.

— Je reviendrai.

Le courageux se fondit rapidement dans les ombres le long des arbres. Son téléphone était sur silencieux, et il mit fin à l'appel avec Stone pour envoyer un message. La réponse fut immédiate.

Douze mètres.

Empochant son téléphone, il continua dans la même direction. Il savait que l'un d'entre eux était ici quelque part. Il s'arrêta à une dizaine de mètres de la ruelle. La clôture était devant lui, avec le fugitif de l'autre côté. Greyson pouvait regarder par-dessus ; s'il le faisait, il perdrait l'élément de surprise. Il envoya un second message.

À quelle distance ?
Directement de l'autre côté.

Glissant le téléphone à nouveau dans sa poche, il inspira en silence, et de sa position debout, se servit du haut de la barrière pour sauter par-dessus. Il atterrit sur quelque chose de mou qui émit un gros son étouffé. Il mit ses mains autour du cou du traqué, et Greyson frappa un point de pression dans son dos, tandis que l'autre luttait pour se relever. D'un bon coup de poing au menton, Greyson l'assomma. Il l'avait mis à terre, mais n'osait pas le laisser seul, alors il lui retira rapidement ses chaussures et ses chaussettes. Avec les lacets et les chaussettes, il lui attacha les mains et les chevilles et il enfonça plusieurs morceaux d'un carton qu'il venait de trouver dans la bouche de sa victime. Il était inconscient. Greyson envoya une photo avec un message.

Je me mets en chasse du numéro deux.

Vas-y. Et vite. Il essaie d'entrer par l'avant du garage.

Avec un juron, Greyson prit la direction de l'avant de la maison, et quand il arriva aux portes vitrées, il se glissa à l'intérieur et se figea. Il entendait les bruits de pas, mais les escaliers étaient entre lui et eux.

Les pas montèrent à l'étage. Il se lança immédiatement à la poursuite de l'ennemi. Comme s'il se rendait compte qu'il était suivi, celui-ci se précipita. Il alla directement vers la chambre principale, sachant où elle se trouvait grâce à ses précédentes intrusions. Il ne savait pas ce qui l'attendait. La porte était ouverte, mais même Greyson ne voyait pas où étaient Jessica et Danny. Au moment où l'intrus pénétra dans la chambre, Greyson lança un ordre.

— Attaque !

À l'arrêt près de la porte, Kona bondit. Cette fois, elle ne visa pas la main, mais l'épaule, et elle verrouilla sa mâchoire dessus avec force. L'homme perdit l'équilibre et tomba sur le dos en hurlant.

L'assaillant se tourna, un couteau à la main, et il voulut poignarder la chienne. Greyson entendit le cri de Jessica, mais il était déjà sur Jensen, essayant d'attraper le couteau. Quand il allait se ficher dans le chien, Greyson changea l'angle et le couteau se planta dans le poignet de l'homme. Le sang giclait partout, alors Jessica assista au désordre avec horreur. Jensen n'abandonnait pas. Il hurlait de douleur, mais se débattait toujours.

Greyson tendit la main, releva la cagoule du type, et lui cria :

— Ça suffit !

L'homme s'interrompit et lui jeta un regard noir.

— Comment savez-vous qui je suis ? demanda-t-il.

— C'est moi qui lui ai dit, expliqua Jessica qui se tenait derrière Grayson. Comment oses-tu venir chez moi comme ça et voler les vêtements de mon fils, sans parler de mes sous-vêtements ? Tu me rends malade.

Elle le dévisageait comme s'il était un genre d'insecte.

— Tu ne sais rien.

— Je sais que George est mort, et que tu as essayé de prendre sa place. Tu dois me laisser tranquille.

— Pas question ! Tu n'étais pas censée l'épouser. Je lui ai dit qu'il ne devait pas t'épouser, que tu ne serais pas bonne pour lui. C'est moi qui le devais. Mon frère s'est moqué de moi et m'a dit de partir à l'armée, qu'il s'occuperait des affaires.

— Je me suis toujours demandé pourquoi il voulait se marier.

— Pour me contrarier. Je le détestais pour ça. Je le détestais pour tout.

— Est-ce que tu as contribué à sa mort ? demanda Jessica.

— Je n'ai pas eu à le faire. Cet anévrisme était génial.

— Tu n'as pas pu t'empêcher de t'en mêler.

— Lui parti et les papiers du divorce là, c'était assez facile de s'assurer que tout était propre et que tout me revenait à moi, pas à toi. Il fallait que tu me voies comme ta réponse, ton sauveur. C'est pourquoi j'ai fait en sorte que Frank te traque, laisse ta porte d'entrée ouverte, casse le verrou de tes portes-fenêtres, coupe l'électricité de ta maison. Tu vois ? Tu as besoin de moi. Tout ce que j'avais à faire, c'était de récupérer la dernière partie de mes gains, et c'était toi.

— Vous la considérez comme un *gain* ?

— Bien sûr. Et il y avait de l'argent pour le gamin, dit-il en regardant le petit garçon. En tant que tuteur, évidemment, je m'assurerai qu'il soit bien traité.

La lueur étrange qui brillait au fond de ses yeux était le témoin de sa folie.

— Tu as dû en baver dans l'armée, dit-elle lentement. Où étais-tu ? Irak ou Afghanistan ?

— Les deux.

Sa voix se changea en une étrange mélopée. Tant de meurtres. Tant de morts. Quand je suis revenu, je n'arrivais pas à dormir. Je savais déjà que George était dans le coma. Ils m'avaient appelé pour me le dire. Je m'étais disputé avec lui quelques semaines plus tôt. Revenir et le trouver comme ça, c'était presque comme un signe que mon tour était enfin venu. Ma place. Il aurait dû sortir de ta vie il y a longtemps, dit Jensen.

— C'est ce qu'il a fait. Cela fait plus de deux ans que nous ne sommes plus ensemble !

— Non. Non, pas deux ans.

— Si. Tu m'as aidée à déménager de chez lui. Tu te souviens ?

Il hocha la tête.

— C'était il y a quelques mois seulement. Ça ne fait pas si longtemps.

— Bien sûr que si ! J'étais enceinte, tu te rappelles ?

— Oui, dit-il, tu étais enceinte.

Puis il regarda son ventre et lui demanda :

— Qu'est-il arrivé au bébé ?

En fait, il n'était pas vraiment là. Elle regarda Greyson, qui haussa les épaules.

— On ne peut pas l'atteindre.

— Je sais, chuchota-t-elle. Je suis vraiment désolée.

— Pas moi, répondit Greyson. Et qu'en est-il de Frank, Jensen ? Comment l'avez-vous entraîné là-dedans ?

— Il avait besoin d'argent. C'est la seule chose que j'ai aujourd'hui, grâce à mon frère.

— Donc vous l'avez payé pour qu'il vienne la harceler ? Et pour kidnapper son fils ?

— Mon frère était censé m'amener le garçon. C'est mon fils, après tout.

Devant cette affirmation, elle sursauta, puis le dévisagea, fascinée.

— Tu sais que George était son père, n'est-ce pas ?

— Non. Non. Non. Je suis George, affirma-t-il. Mon frère n'est plus là. Maintenant, j'ai la vie de George. C'est sa maison. Ce sont ses comptes bancaires. Sa voiture. Tout est à moi maintenant, conclut-il avec un magnifique sourire. Et mon fils aussi.

CHAPITRE 18

QUAND LES FLICS arrivèrent et emmenèrent enfin Jensen, elle entendit parler de Frank, qui avait été laissé dans le jardin. Greyson guida les policiers et leur montra l'homme attaché là. Ils le ramenèrent dans la maison. Greyson avait aussi enregistré toute la conversation avec Jensen et l'avait partagée avec la police.

Les policiers l'écoutèrent.

— Cet individu n'aura jamais de procès. Le juge le déclarera inapte en un rien de temps.

— Je ne suis pas certain qu'il soit assez sain d'esprit pour être livré à lui-même.

— Ce n'est pas lui qui a attaqué les policiers l'autre jour, si ?

— Non, ce n'est pas celui qui a échappé à la vigilance de vos collègues. Jensen est sans doute venu en aide à Frank, précisa Greyson, mais en toute honnêteté, je n'en sais rien. Les forces de l'ordre étaient dehors, ils emmenaient leur prisonnier.

Soudain, des cris et des pleurs leur parvinrent de l'extérieur. Ils se regardèrent avec effarement et coururent dehors. Les ambulanciers tentaient désespérément de ranimer un homme à terre.

— Qu'est-ce qui se passe ? hurlèrent les policiers.

— Il a sorti une lame de rasoir de sa ceinture, répondit

un ambulancier. Au lieu de nous attaquer, il s'est tranché la gorge. Il a touché une artère.

Jessica se tenait sur le perron, observant la scène, en état de choc.

Greyson arriva derrière elle et l'entoura de ses bras, la serrant contre lui.

Kona était blottie contre eux, et elle posa une main sur sa tête, puis la bougea pour se serrer plus fort contre Greyson.

— Mon Dieu. Quand est-ce que ça se terminera ?

— Il perd bien trop de sang pour s'en sortir. Ils sont obligés d'essayer, mais il est fichu.

— Est-ce que c'est mal que je sois en paix avec ça ?

— J'ai vu beaucoup de gens souffrir après leur retour de la guerre. Malheureusement, ce genre d'instabilité mentale en résulte souvent.

— C'est terrible, murmura-t-elle.

Une autre ambulance arriva, escortée de policiers. Ils repoussaient la foule qui se rassemblait à l'extérieur. Il l'avait attirée à l'intérieur, et lui dit :

— Viens. Montons passer du temps avec Danny, et nous rappeler ce qu'est la vie. Sans oublier de faire ton lit pour que tu puisses y dormir ce soir.

Elle le regarda, les larmes aux yeux et un nœud dans la gorge. Quand ils se précipitèrent à l'étage, ils trouvèrent Danny là où elle l'avait laissé, endormi dans le placard. Greyson l'observa pendant un long moment.

— L'innocence de la jeunesse.

— Ça me navre vraiment de devoir le déranger. On en a fini avec les flics ?

— Pour le moment. Nous avons fait toutes les déclarations nécessaires pour ce soir. Nous devrons nous occuper du reste plus tard.

Il la conduisit dans la chambre à coucher où il retira avec efficacité la literie et, avec son aide, il refit le lit.

— Je n'étais pas certaine de pouvoir dormir ici à nouveau, mais l'énergie a changé. En plus, avec le désordre nettoyé…

— Sans compter que c'est terminé. Tu peux cesser d'avoir peur. Tu récupères ta vie et tu peux aller de l'avant.

Elle passa ses bras autour de son cou et lui demanda :

— Tu peux me serrer dans tes bras ? Je crois que j'ai assez vu le côté sombre de la vie pour toute une existence.

— Je te comprends, murmura-t-il en la serrant contre lui.

Ils se pelotonnèrent sur le lit, s'entourèrent de leurs bras et restèrent ainsi pendant un long moment.

— J'ai peur de me porter la poisse en le disant, mais j'espère vraiment que c'est la fin de tout ça.

— Je crois que oui. Avec Jensen et Frank hors d'état de nuire, il n'y a plus de raison que ça continue.

Les ambulances avaient disparu, tout comme le corps sur le sol. Greyson ouvrit la fenêtre et siffla pour attirer l'attention de l'officier sur le terrain.

Il leva le nez et cria :

— Nous parlerons demain. Nous avons beaucoup de rapports à rédiger. Nous ne tirerons peut-être pas grand-chose de Frank, mais cette fois, nous le mettons sous les barreaux, et nous allons l'interroger. À ce stade, je ne suis pas sûr que son témoignage compte beaucoup.

— Ça ira, lança Greyson. Nous avons besoin de dormir.

— Bonne idée. À demain.

Greyson ferma la fenêtre et revint vers Jessica qui s'assit sur le lit en le regardant.

— Et ?

— Il ne s'en est pas sorti, dit-il.

Des larmes roulèrent silencieusement sur ses joues.

— Toute la famille de Danny de ce côté-là, George et Jensen, est morte.

— Tu es en sécurité, tout comme Danny.

— Ça dépend de Frank, dit-elle.

— Frank a ses propres problèmes à régler. C'est lui qui a attaqué les flics, qui s'est introduit chez toi, qui a volé ta voiture et kidnappé Danny, donc il n'est pas prêt à sortir de prison. Quand ils vont commencer à faire le cumul des charges, il va se mettre à chanter comme un oiseau, en espérant revoir la lumière du jour. Il n'avait d'autre motivation que l'argent, alors il n'a plus rien à gagner.

Elle lui sourit et dit :

— Je crois que je peux mettre Danny dans son propre lit, alors. Et, le prenant dans ses bras, elle le transporta dans l'autre pièce et le prépara pour la nuit.

— Pauvre petit gars. On n'a pas eu le temps de le préparer pour aller se coucher, hein ? Les choses ont vite dégénéré quand on est rentrés à la maison, rappela Greyson.

— Non, nous n'avons pas eu le temps. C'est bon. Heureusement, il est assez résistant.

Elle lui enfila une nouvelle couche et un pyjama, puis le borda, et resta debout à le regarder pendant un long moment, vaguement consciente de Kona qui se pelotonnait sur le sol à côté du lit.

— Tu n'as pas idée de la dette que j'ai envers toi pour avoir veillé sur nous.

— Tu ne me dois rien.

— Je suis sacrément reconnaissante qu'on nous ait donné cette nouvelle opportunité de vivre.

Les plis sur le visage de Greyson s'atténuèrent.

— Maintenant, je comprends.

Elle s'approcha de lui, passa les bras autour de son cou et murmura :

— Alors, qu'est-ce que tu en penses ? Tes grands-parents ont-ils raison à notre sujet ?

Il la serra contre lui, de sorte qu'ils étaient collés des hanches à la poitrine.

— Ils pensent avoir raison, dit-il avec un doux sourire, frottant son nez contre celui de Jessica.

— Ce n'est pas comme ça que les Esquimaux s'embrassent ? murmura-t-elle. Ou est-ce un mythe de mon enfance ?

— Je ne sais pas, répondit-il avec un sourire. Je n'en ai jamais embrassé.

— Sur une note plus positive, enchaîna-t-il, vais-je devoir dormir sur le canapé cette nuit ?

— Tu sais quoi ? Je suis presque sûre que mon lit est assez grand pour nous deux.

Il sourit à son tour et lui dit :

— Et si on allait vérifie ?

En riant, elle fila devant. Il la rattrapa à la porte, la fit pivoter, la prit dans ses bras et l'embrassa. C'était un baiser à vous couper le souffle et à vous faire dresser les cheveux sur la tête. Lorsqu'il releva la tête, elle le fixa, sous le choc.

— C'était quoi, ça ?

— C'était un avant-goût de ce qui nous attend.

— La nuit va être longue !

— Pas nécessairement, dit-il avec un sourire en coin. Il faut qu'on tienne compte du fait que Danny pourrait se réveiller et nous interrompre. Ainsi, je ne peux te garantir une soirée entière de romance et d'amour, mais je peux t'assurer que ce sera une nuit très spéciale pour nous. Une des nombreuses à venir.

Il lui retira tous ses vêtements, lentement, soigneusement, embrassant chaque centimètre de peau à mesure qu'il était exposé, jusqu'à ce qu'elle se trouve là, tremblante, à peine capable de se tenir debout toute seule, simplement vêtue de sa culotte. Quant à lui, il était toujours tout habillé.

— Oh, non, tu n'as pas intérêt. Tu n'as pas le droit d'être plus habillé que moi.

Il éclata de rire et se déshabilla rapidement, prothèse comprise. Cette singularité n'avait pas d'importance pour elle. En dehors du fait qu'il avait été blessé assez gravement pour avoir besoin de quelque chose comme ça. Son cœur enfla à l'idée de ce qu'il avait traversé et elle nota toutes les cicatrices sur son corps.

Et pourtant, il était le meilleur homme qu'elle connaissait.

Son regard se posa sur son érection qui se dressait si fièrement devant elle, et elle s'approcha, les deux mains tendues vers lui. Il fit immédiatement marche arrière et lui dit :

— Attention. Je ne veux pas que ce soit fini avant qu'on ait commencé.

— On peut tout recommencer.

— J'en ai bien l'intention.

Puis il marcha jusqu'au lit, retira les couvertures, et elle plongea dessous. Il se glissa à côté d'elle et la prit dans ses bras.

— Il va falloir organiser des soirées avec mes grands-parents, pour qu'ils puissent garder Danny et que nous puissions avoir une nuit entière pour nous.

Elle acquiesça, mais aussitôt des tremblements la parcoururent tandis que ses mains et ses lèvres exploraient chaque centimètre, comme s'il voulait la connaître le plus intime ment possible. Quand elle lutta pour se retenir, il rampa le long de son corps en déposant une traînée de baisers humides pour en planter un sur ses lèvres. Pendant ce temps, leurs hanches s'alignèrent alors qu'il se positionnait entre ses cuisses.

Il susurra :

— C'est pour nous, pour l'instant.

Elle posa un doigt contre ses lèvres et lui dit :

— J'aime t'entendre dire ça. Mais j'aime bien aussi « pas seulement l'instant, mais tous les lendemains à venir ».

— Moi aussi.

Quand il se glissa en elle, elle cambra le dos et poussa un petit cri. Il l'embrassa très tendrement.

— Tu vas bien ?

— Je n'ai jamais été mieux. Jamais.

Quand elle s'effondra dans ses bras, elle l'entendit crier sa propre jouissance. Il s'écroula, l'attirant contre lui, et la serra fort.

Elle eut les larmes aux yeux. Il se recula légèrement.

— Je t'ai fait mal ?

— Non, dit-elle, mais tu avais raison. C'était spécial. Tellement spécial.

Il lui adressa un sourire tendre, puis se rapprocha pour l'embrasser.

— Ce n'est que le début.

ÉPILOGUE

ROWAN ENTRA DANS les bureaux de Titanium Corp.

— Salut, quelqu'un m'a appelé ?

— Salut, Rowan, déclara Geir. Est-ce que tu as de l'expérience avec les chiens ?

— En dehors du fait d'en posséder un ?

— Unités K9, entraînement de chien militaire, ce genre de choses.

— Un peu, répondit Rowan. J'ai été maître-chien pendant un an, et c'était l'année précédant l'accident. C'est l'un de mes plus grands regrets. Le fait de n'avoir pas eu assez de temps avec le chien.

— . Quel chien était-ce ?

—Hershey. Mais il avait un grand nom officiel, Herod Guildford II, ou quelque chose comme ça, dit-il en souriant. Moi je l'appelais simplement Hershey. Le problème dans mon cas, c'était d'essayer de rompre ce lien de maître. Évidemment les maîtres-chiens s'attachent, mais trop, c'est mal vu.

— Exact, parce que les chiens peuvent passer d'un maître à l'autre, en fonction de l'entraînement pour lequel ils sont prévus, non ?

— Exactement.

— Comment se passe la rééducation ?

— C'est en cours.

Il redressa lentement la jambe pour la ramener vers lui. Il fallait toujours qu'il se rappelle de faire ses étirements, faute de quoi ses muscles se tétanisaient.

— C'est un peu bizarre d'avoir un pied en moins. Le rein manquant, je ne le remarque pas. La côte, oui. Le muscle aussi, mais pas autant que le pied.

— C'est drôle de voir comment on peut s'adapter à la perte d'un membre entier, mais perdre un demi-pied ou une demi-main, ça ne va pas.

— Et quelques côtes. En plus, j'ai un tas de vis et de plaques et je ne sais quoi d'autre dans mon corps.

Badger haussa les épaules.

— Comme nous tous. Nous sommes des enfants rapiécés qu'on a ramenés à la vie.

— C'est ça, fit Geir en riant. Plutôt des enfants horloges, avec des mécanismes de pointe.

— Oui, le steampunk avant que ça devienne cool, railla Rowan avec un sourire.

— C'était quoi le nom de ce chien, déjà ? demanda Geir à Rowan.

— Lequel ?

— Celui avec qui tu travaillais ?

— Hershey, !

Badger s'assit avec un petit bruit sourd, et prit une pile de dossiers sur le bureau, les passant en revue.

— Tu serais prêt à quoi pour récupérer ce chien ? s'enquit Geir.

— Retourner dans une unité K9 militaire active et cela n'arrivera pas. Peu importe à quel point j'en rêve.

— Tu marques un point, releva Badger en ouvrant le premier dossier, qu'il referma aussitôt avant d'ouvrir le deuxième, qui subit le même sort.

Il prit le troisième devant lui, plein d'espoir, et adressa un signe de tête à Geir. Badger remit le dossier à l'autre homme.

— C'est quoi, cette histoire ? l'interrogea Rowan.

— Je ne sais pas si tu es au courant, mais il y a un certain nombre de gars qui ont effectué des missions privées pour nous. Ils ont cherché à savoir ce qu'il était advenu de certains chiens de guerre censés être en retraite, portés disparus.

— Je n'aime pas beaucoup ça, dit Rowan d'un ton dur. Ces chiens méritent une longue et belle retraite.

— Nous sommes d'accord, dit Geir. Nous avons un chien ici. Il devait être envoyé en Californie. Et il l'a été. Il est arrivé, a bien atterri, il a été récupéré. Cependant, quand les militaires ont entendu parler de l'événement météorologique survenu sur place, ils ont procédé à une vérification pour voir si tout allait bien, mais ils n'ont trouvé aucune trace des personnes ou du chien. Apparemment, un des grands incendies de Californie a ravagé l'endroit, et tout le monde a été séparé. C'était il y a près d'un mois, ou six semaines au plus. La famille en question a perdu certains de ses membres, sans parler de plusieurs autres membres à fourrure de la famille qui ont été éparpillés ou sont morts. Et, même si le chien est susceptible d'être retrouvé, à ce stade, ils ne veulent pas le récupérer.

— Je comprends, mais c'est dur.

— Effectivement, mais ils ont aussi perdu leur maison et ont dû déménager dans l'Illinois, je crois, dit-il en vérifiant le dossier. Le mari est père célibataire de deux enfants parce qu'il a perdu sa femme dans cet incendie.

— Compte tenu des circonstances, c'est peut-être compréhensible, mais ça reste dur pour le chien.

— Ils n'avaient le chien que depuis quelques semaines et,

selon le premier contrôle de bien-être, tout allait bien. Lorsque le feu a dévasté la zone peu de temps après, le chien s'est enfui, et personne ne l'a revu depuis.

— C'est terrible.

— Quel est le nom du chien ? demanda Rowan en s'étirant dans le grand fauteuil de bureau.

— Harold Guildford II, renseigna Badger.

Il se bascula vers l'avant, les pieds frappant durement le sol pendant que son poing s'abattait sur le bureau.

— Hershey ?

Les deux hommes hochèrent la tête.

Rowan s'empara du dossier.

— Je prends celui-là.

— C'est bien ce que nous pensions, affirma Badger avec un sourire.

C'est la fin du tome 9 de *K9 Files : chiens de guerre, Greyson*.

Découvrez *Rowan, K9 Files : chiens de guerre, tome 10*.

Rowan, K9 Files : chiens de guerre, tome 10

Bienvenue à tous les nouveaux lecteurs de la série *K9 Files*, dans laquelle vous allez retrouver les inoubliables héros de *Légion d'acier,* dans une nouvelle saga de romance à suspense pleine d'action et de rebondissements ; une saga attendue par tous les fans de l'auteure à succès Dale Mayer, reconnue par le *USA TODAY.* <u>Pssst</u>, vous croiserez également certains de vos personnages préférés rencontrés pour la première fois dans *SEALs of Honor* et *Heroes for Hire* !

Rowan espère que ce vide béant en lui finira par guérir… si seulement il retrouve le K9 Hershey, chien à la retraite qui doit son nom à un ancien camarade de Rowan. Rien ne pourra l'empêcher de retrouver la trace de ce bon vieux K9. Cependant, il ne s'attendait pas à ce que son ancien ami se soit trouvé une copine et qu'ils aient eu ensemble une portée de chiots.

Brandi vient de perdre sa grand-mère, sa maison et sa meilleure amie à quatre pattes, Lacey, dans un terrible incendie de forêt qui a ravagé la ville. Tout le monde lui conseille de ne pas perdre espoir en ce qui concerne Lacey, car il arrive souvent que des chiens disparaissent pour réapparaître plus tard. Cette seule pensée la pousse à consacrer tous ses temps libres sur place, à appeler Lacey. Lorsqu'elle se rend compte que quelqu'un d'autre a eu la même idée, c'est tout naturellement qu'ils unissent leurs forces.

Quand la situation tourne mal, elle est heureuse d'avoir quelqu'un à ses côtés, parce qu'elle ne se doutait pas des horreurs de ce monde… jusqu'à maintenant.

Le tome 10 est disponible dès aujourd'hui !
Pour en savoir plus, visitez le site web de Dale Mayer.
https://geni.us/DMFRRowanUni

Note de l'auteure

Merci d'avoir lu *Greyson, K9 Files : chiens de guerre, tome 9* ! Si vous avez apprécié le livre, merci de prendre un moment pour laisser votre avis.

Chers lecteurs,

J'aime avoir de vos nouvelles, alors n'hésitez pas à me contacter sur mon site web : www.dalemayer.com ou sur ma page d'auteure Facebook. Pour être informés des nouvelles parutions et des offres spéciales, inscrivez-vous à ma newsletter ou suivez-moi sur BookBub. Si vous souhaitez rejoindre mon groupe de lecteurs, voici la page d'inscription sur Facebook.

À bientôt,
Dale Mayer

À propos de l'auteure

Dale Mayer est une auteure de best-sellers au classement de *USA Today*, connue pour ses romances militaires sur les forces spéciales, sa série *Psychic Visions* et sa série *Jolis Jardins Maudits*, dans le genre cozy mystery. Ses romances contemporaines sont vibrantes d'émotion et de passion (série *Broken But… Mending, Hathaway House*). Ses thrillers vous laisseront à bout de souffle (séries *By Death* et *Kate Morgan*) et ses comédies romantiques vous feront rire aux éclats (*It's a Dog's Life*, une novella hors-série, et la série *Broken Protocols* avec Charming Marvin, le chat).

Elle laisse libre cours aux séries qui lui viennent… dont certaines sont carrément folles, enfreignant toutes les règles et croisant différents genres !

En plus de ses romans de fiction, elle écrit également des textes documentaires dans de nombreux domaines, dont la rédaction de CV, le jardinage de loisir et le système de crédit immobilier américain. Elle a récemment publié la série professionnelle *Career Essentials*. Tous ses livres sont disponibles aux formats papier et ebook.

Contactez Dale Mayer en ligne

Site web de Dale – www.dalemayer.com
Twitter – @DaleMayer
Facebook Page – geni.us/DaleMayerFBFanPage
Facebook Group – geni.us/DaleMayerFBGroup
BookBub – geni.us/DaleMayerBookbub
Instagram – geni.us/DaleMayerInstagram
Goodreads – geni.us/DaleMayerGoodreads
Newsletter – geni.us/DaleNews

www.ingramcontent.com/pod-product-compliance
Lightning Source LLC
Chambersburg PA
CBHW071436200726
48294CB00002B/664